■サイレント・コア 赤羽拓真 三等陸曹のフランカー装備

東シナ海開戦７

水機団

大石英司

Eiji Oishi

C★NOVELS

口絵・挿画　安田忠幸

目次

プロローグ 13
第一章 抗体 22
第二章 尋問 40
第三章 飯倉公館 65
第四章 タートル 94
第五章 帰還 119
第六章 水陸機動団 146
第七章 凱旋 173
第八章 総辞職 194
エピローグ 205

登場人物紹介

日本

〈特殊部隊サイレント・コア〉

土門康平《どもんこうへい》　陸将補。水陸機動団長。出世したが、元上司と同僚の行動に振り回されている。

〔原田小隊〕

原田拓海《はらだたくみ》　一尉。陸海空三部隊を渡り歩き、土門に一本釣りされ入隊した。今回、記憶が無いまま結婚していた。

畑友之《はたけともゆき》　曹長。分隊長。冬戦教からの復帰組。コードネーム：ファーム。

高山健《たかやまけん》　一曹。分隊長。西方普連からの復帰組。コードネーム：ヘルスケア。

大城雅彦《おおしろまさひこ》　一曹。土門の片腕として活躍。コードネーム：キャッスル。

待田晴郎《まちだはるお》　一曹。地図読みのプロ。コードネーム：ガル。

田口芯太《たぐちしんた》　二曹。部隊随一の狙撃手。コードネーム：リザード。

比嘉博実《ひがひろみ》　三曹。ドンパチ好きのオキナワン。田口の「相方」を自称。コードネーム：ヤンバル。

吾妻大樹《あづまだいき》　三曹。山登りが人生だという。コードネーム：アイガー。

〔姜小隊〕

姜彩夏《かんあやか》　三佐。元は韓国陸軍参謀本部作戦二課に所属。司馬に目をかけられ、日本人と結婚したことで部隊にひっぱられた。

漆原武富《うるしばらたけとみ》　曹長。司馬小隊ナンバー２。コードネーム：バレル。

福留弾《ふくとめだん》　一曹。分隊長。鹿児島県出身で、部隊のまとめ役。コードネーム：チェスト。

井伊翔《いいかける》　一曹。高専出身で部隊のシステム屋。コードネーム：リベット。

水野智雄《みずのともお》　一曹。元体育学校出身のオリンピック強化選手。コードネーム：フィッシュ。

西川新介《にしかわしんすけ》　二曹。種子島出身で、もとは西方普連所属。コードネーム：トッピー。

御堂走馬《みどうそうま》　二曹。元マラソン・ランナー。コードネーム：シューズ。

姉小路実篤《あねこうじさねあつ》　二曹。父親はロシア関係のビジネス界の大物。コードネーム：ボーンズ。

川西雅文《かわにしまさふみ》　三曹。元Ｊリーガー。コードネーム：キック。

由良慎司《ゆらしんじ》　三曹。西部普連から引き抜かれた狙撃兵。コードネーム：ニードル。

小田桐将《おだぎりしょう》　三曹。タガログ語を話せる。コードネーム：ベビーフェイス。

阿比留憲《あびるあきら》　三曹。対馬出身。西方普連から修業にきた。コードネーム：ダック。

赤羽拓真《あかばねたくま》　三曹。フィールドでのゲテモノ食いに長ける。コードネーム：シェフ。

〔訓練小隊〕

甘利宏《あまりひろし》　一曹。元は海自のメディック。生徒隊時代の原田の同期。訓練小隊を率いる。コードネーム：フアラライ。

〔民間軍事会社〕

音無誠次《おとなしせいじ》　土門の元上司。自衛隊退役者からなる民間軍事会社《PMSC》の顧問。〝ヘブン・オン・アース〟内に滞在していた。

西銘悠紀夫《にしなゆきお》　元二佐。〝魚釣島警備計画甲２〟の指揮をとる。台湾軍のパイロット救出作戦中に解放軍と交戦し、死亡。

赤石富彦《あかいしとみひこ》　元三佐。

木暮龍慈《こぐれりゅうじ》　元一曹。狙撃手。二〇年前に引退し、北海道でマタギとして暮らしていた。

〔水陸機動団〕

司馬光《しばひかる》　一佐。水陸機動団教官。引き取って育てた娘に店をもたせるため、台湾にいたが……。

松尾捷《まつおしょう》　陸将補。団司令部の本部管理中隊と、第一陣の第一水陸機動連隊第二中隊を率いて魚釣島上陸作戦の指揮を執る。

畠山惣一郎《はたけやまそういちろう》　一佐。松尾陸将補率いる部隊のナンバー３。

神田忠司《かんだちゅうじ》　三佐。第一中隊長。空挺出身。

〈航空自衛隊〉

丸山琢己《まるやまたくみ》　空将。航空総隊司令官。

永瀬豊《ながせゆたか》　二佐。原田が所沢の防衛医大付属病院で世話になった医師。

防衛医大卒で陸上自衛隊のレンジャー・バッジを持っている変わり者。

三宅隆敏《みやけたかとし》　三佐。予備自衛官。五藤彬の恩師。

（総隊司令部）

羽布峯光《はぶみねみつ》　一佐。総隊司令部運用課別班班長。

喜多川《きたがわ》・キャサリン・瑛子《えいこ》　二佐。情報将校。横田出身で、父親はイラクで戦死したアメリカの空軍将校。

五十嵐洋《いがらしひろし》　二佐。陸上総隊運用部所属。ウイングマークの持ち主のヘリ屋。

新庄藍《しんじょうあい》　一尉。父親は防府の鬼教官だった。ＴＡＣネーム：ウィッチ。

（警戒航空団）

戸河啓子《とがわけいこ》　二佐。飛行警戒管制群副司令。ウイングマークをもつ。

（第六〇二飛行隊）

内村泰治《うちむらたいじ》　三佐。第六〇二飛行隊副隊長。イーグル・ドライバー上がり。

〈海上自衛隊〉

佐伯昌明《さえきまさあき》　元海上幕僚長。太平洋相互協力信頼醸成措置会議《CICPO》の、日本側代表団を率いていたが、バイオ・テロによる感染症で死亡。

河畑由孝《かわはたゆたか》　海将補。第一航空群司令。

下園茂喜《しもぞのしげき》　一佐。首席幕僚。

伊勢崎将《いせざきたもつ》　一佐。第一航空隊司令。

（第一護衛隊群）

國島俊治《くにしましゅんじ》　海将補。第一護衛隊群司令。

梅原徳宏《うめはらとくひろ》　一佐。首席幕僚。

（航空集団）

樋上幸太《ひのうえこうた》　二佐。Ｐ－１乗り。前職は鹿屋の第一航空隊幕僚。航空隊総司令部のエイビス・ルームに参加。

〈外務省〉

片倉宗一郎《かたくらそういちろう》　外務審議官。サイレント・コアの内部事情にも明るい。

九条寛《くじょうひろし》　外務省・総合外交政策局・安全保障政策課係長。〝ヘブン・オン・アース〟日本側の事務方トップ。

〈防衛省〉

〔陸幕防衛部〕

竹義則《たけよしのり》　二佐。航空隊総司令部のエイビス・ルームに参加。

〔海幕防衛部〕

福原邦彦《ふくはらくにひこ》　二佐。海幕防衛部装備体系課付き。前職は護衛艦の艦長。航空隊総司令部のエイビス・ルームに参加。

〔豪華客船〝ヘブン・オン・アース〟〕

ガリーナ・カサロヴァ　〝ヘブン・オン・アース〟の船医。五ヶ国語を喋るブルガリア人女性。

五藤彬《ごとうあきら》　〝ヘブン・オン・アース〟の船医。感染症学が専門の研究者。

是枝飛雄馬《これえだひゅうま》　プロオケを目指していた青年。プロオケの先輩から誘われ、〝ヘブン・オン・アース〟に乗り込んだ。

浪川恵美子《なみかわえみこ》　是枝が思いを寄せるビオラ奏者。音楽教師を三年で辞めて、奏者に復帰した。

ナジーブ・ハリーファ　ハリーファ＆ハイガー・カンパニーのＣＥＯ。豪華客船内のバイオ・テロの首謀者。ネイビ・シールズによる制圧作戦によって射殺された。

中国

（中南海）

潘宏大《パンホンタァ》　中央弁公庁副主任。

（国内安全保衛局）

秦 卓 凡《チィンチゥオファン》　二級警督（警部）。

蘇躍《スゥユエ》　警視。許 文 龍《シユウェンロン》が原因でウルムチ支局に左遷されたと思っていた。

（科学院武漢病毒研究所）

馬麗夢《マリーモン》　博士。主任研究員。

〈海軍〉

（総参謀部）

任思遠《レンスユアン》　少将。人民解放軍総参謀部作戦部特殊作戦局局長兼特殊戦司令官。四一四突撃隊を立ち上げた。

黄桐《ホアントン》　大佐。局次長。

（〝蛟竜突撃隊〟）

徐孫童《シユイスントン》　中佐。〝蛟竜突撃隊〟を指揮する。

宋勤《ソンチン》　中佐。元少佐の民間人で、北京大学日本研究センターの研究員だった。任思遠海軍少将に請われ復帰した。

（南海艦隊）

東暁寧《トンシィアオニン》　海軍大将（上将）。南海艦隊司令官。

賀一智《ホライーチィ》　海軍少将。艦隊参謀長

万通《ワントン》　大佐。艦隊対潜参謀。

（東海艦隊）

唐東明《タンドンミン》　大将（上将）。東海艦隊司令官。

馬慶林《マチンリン》　大佐。東海艦隊参謀。アメリカのマサチューセッツ工科《MIT》大学でオペレーションズ・リサーチを研究し、博士号を取った。その後、海軍から佐官待遇でのオファがあり、軍に入る。唐東明の秘蔵っ子。

（ＫＪ－600（空警－600））

浩菲《ハオフェイ》　中佐。空警－600のシステムを開発。電子工学の博士号を持つエンジニア。

葉凡《イエファン》　少佐。空警－600機長。搭乗員六人のうちの唯一の男性。

秦怡《チィンイー》　大尉。副操縦士。上海の名門工科大学、同済大学の浩菲の後輩。電子工学の修士号をもつ。

高学兵《カオシュエビン》　中尉。機付き長。浩が関わるずっと前から機体開発に関わっていたベテランエンジニア。

（Ｙ－９Ｘ哨戒機）

鍾桂蘭《チォンクイラン》　少佐。ＡＥＳＡレーダーの専門家で、哨戒機へのＡＥＳＡレーダーの搭載を目指す女性。

（第164海軍陸戦兵旅団）

姚彦《ヤオイェン》　少将。第164海軍陸戦兵旅団を率いる。

万仰東《ワンヤントン》　大佐。旅団参謀長。

雷炎《レイイェン》　大佐。旅団作戦参謀。中佐、兵站指揮官だったが、姚彦が大佐に任命して作戦参謀とした。兵士としては無能だが、作戦を立てさせると有能。

戴一智《タイイーチィ》　中佐。旅団情報参謀。情報担当士官だったが、上官が重体になり旅団情報参謀に任命された。

張高遠《ツァンガオユエン》　博士。人民解放軍の極秘研究機関〝S機関〟所属。〝宅男《オタク》〟の風貌だが、数理データ・サイエンスの若き天才で、ある任務を命じられ寧波海軍飛行場に派遣された。

（台湾）

頼筱喬《ライシャオチャオ》　サクラ連隊を率いて戦死した頼龍雲《ロンユン》陸軍中将の一人娘。台北で新規オープンした飲茶屋の店主。司馬光が〝チャオ〟と呼び、店の開店を支援している。

王志豪《ワンチーハオ》　退役海軍中将。海兵隊の元司令官で、未だに強い影響力をもつ。王文雄の遠縁。

王文雄《ワンウェンション》　司馬の知り合いで、司馬は〝フミオ〟と呼ぶ。京都大学法学部、大学院に進み、国民党の党職員になった。今は、台日親善協会の幹部候補生兼党の対外宣伝部次長。

〈陸軍〉

（陸軍第601航空旅団）

傅祥任《フーシャンジェン》　少将。旅団長。

馮陳旦《フォンチェンダアン》　中佐。作戦参謀。

（〝龍城部隊〟）

平龍義《ピンロンイ》　少佐。第1中隊長。

藍志玲《ランチーリン》　大尉。女性のグラビア・アイドル。第1中隊ナンバー3の乗り手。コールサイン：マリリン。

黄益全《ファンイーチェン》　少尉。藍志玲大尉の前席射撃手《ガナー》。既婚者のベテラン。

〈海軍〉

李志強《リーヂーチャン》　大将。

蔡尊《ツァイズン》　中佐。

（〝海龍〟）

顔昇豪《イェンシェンハオ》　大佐。〝海龍〟艦長。

朱蕙《チュフイ》　中佐。〝海龍〟副長。以前は司令部勤務で燻っていたが、切れ者の女性。

〈台湾軍海兵隊〉

〔第99旅団〕

陳智偉《チェンヂーウエイ》　大佐。台湾軍海兵隊第99旅団の一個大隊を指揮する。

黄俊男《ホァンジュンナン》　中佐。作戦参謀。大隊副隊長でもある。

呉金福《ウージンフー》　少佐。情報参謀。

楊志明《ヤンヂーミン》　二等兵。美大を休学して軍に入った。

〈空軍〉

李彦《リーイェン》　少将。第５戦術戦闘航空団を指揮する。

劉建宏《リウジェンホン》　中佐。第17飛行中隊を率いる。

シンガポール

〈インターポール・反テロ調整室《ＲＴＣＮ》〉

許文龍《シユウェンロン》　警視正。ＲＴＣＮ代表統括官。

メアリー・キスリング　ＲＴＣＮの次長。ＦＢＩから派遣された黒人女性。

柴田幸男《しばたゆきお》　警視正。警察庁から派遣されている。

朴杋浩《パクボムホ》　警視。韓国警察から派遣されている。

イギリス

〈英国対外秘密情報部（ＭＩ６）〉

マリア・ジョンソン　ＭＩ６極東統括官。大君主《オーバーロード》。

東シナ海開戦7　水機団

プロローグ

東シナ海の荒波に翻弄されるその大型ラフトは、詰め込めば、哨戒機のクルー全員が乗っても沈まない前提で開発された。Ｙ‐９Ｘ哨戒機には、そのラフトが三個装備されていた。今、洋上に浮かんでいるのはたったの一つで、しかも乗っているのは、二人だけだった。

日本の巡視船に助けられ、無事だった乗組員と再会の喜びに浸っていたまさにその瞬間、巡視船は海中からの魚雷攻撃を受けて撃沈した。そこでまた搭乗員はばらばらになった。

ただ、彼らにとって幸運だったのは、その時、彼ら彼女らは、巡視船の飛行甲板にいたおかげで、助かったということだった。巡視船は一瞬で沈み、船内にいたクルーのほとんどは助からなかった。

そして、恐らく他の搭乗員は、沈みゆく巡視船から浮上してきて自動的に展開した日本のラフトに乗り込めたはずだった。

投げ出された衝撃で気を失ったＹ‐９Ｘ哨戒機の開発責任者・鍾桂蘭《チオンクイラン》海軍少佐はそう考えていた。彼女は、ゲストとして哨戒機に乗り込んできたＳ機関の天才数学者、張高遠《ツァンガオユエン》博士に助けられたのだ。まだ童顔の青年で、しかも飛行機嫌いだった。

二人で寝るには広すぎる空間だったが、海は時《し》化《け》ていた。救出される前からすでに吐いていたが、今はもう胃液しか出てこない。喉が荒れて飴玉のひとつも欲しいところだ。

シーアンカーを打っているものの、ラフトは何度か転覆しそうになった。救出される前の闇夜の時化より酷かった。

鍾少佐は、脚を前方に投げ出し、両手で舷縁部分のハンドルを握って姿勢を保持していた。そうしないと、波に乗り上げる度に身体が投げ出されるのだ。だが、冷たい海水が容赦無く浸入し、深さ一〇センチほどまで溜まっている。構造上、フロート構造の舷縁部分まで目一杯水が来ても沈まないはずだが、恐らく低体温症で一晩と持たないだろう。

「ねえ、私たち、そろそろ大事な話をしなければならないと思うの……」

少佐は、体力を振り絞って声を出した。もう丸半日こんな状態なのだ。どこかの遊園地で、止まることの無いジェットコースターに縛り付けられているような状態だ。

「一応、気付いてはいますけどね。そこにあるはずの、救命キットが無くなっていることでしょう？」

「ええ。オレンジ色の。あれは、ザック構造になっていて、背負えるのよ。どこかの海岸や無人島に漂着した後、それを担いで上陸できるように。ビスケット、浄水器に、発煙筒に、釣り道具も……」

「確か、投げ出されないように、紐で舷縁に止めてありましたよね？」

「紐じゃなくて、あれは、背負う時のショルダー部分よ。たぶん、私が外したんです。でもどうして外したのか、その理由を思い出せない」

「回収されたラフトがデッキ上に載せられて、でも魚雷攻撃の衝撃で海に投げ出されたときに、それはたぶんラフトの外に飛び出たんですよ」

「でも幸い、バケツは紐で止めてあったわけね」

バケツと言ってもソフト・バケツだ。少し厚手のスーパーの袋の口に、輪っかが付いているような、ただのビニール製の袋に近い代物だったが、この巨大な洗濯機の中では、ないよりはましだ。

海上に投げ出されてから、すでに四時間が経過している。この時化がこの後どうなるのか全く予想できないのが辛かった。

仮に、日本側がまた救難ヘリを飛ばしてくれるにしても、まずは巡視船の乗組員捜索が先だろう。中国政府に厳重抗議し、安全を保障するという言質《げんち》を取ってからでなければ、巡視船は再度この海域には現れない。

いずれにしても見通しは暗い。この四時間、飛行機のエンジン音は一切聞かなかった。敵味方含めて。

「先輩の警告を聞くべきだった……。私があそこで意地を張らずにさっさと後退を命じておけば、誰も死なずに済んだのよ」

「少佐、率直に言いますが、聞き飽きたし、量子力学や紐理論でも過去へのタイム・トラベルはできないことになっている。助かるまでその愚痴は封印してくれませんか？　なぜなら、僕はその……、じきに爆発して、怒鳴り声を上げそうな気がするので。起こったことは、全くその通りで、指揮官としての貴方の自業自得だと」

青年は、あくまでも穏やかにそれを口にした。

「率直なご意見に感謝するわ。ここに銃があったら、貴方に渡して引き金を引いてもらっているところよ」

少佐は酷い顔だった。ラフトに溜まった海水が激しくひっくり返り、まるでドラム式洗濯機の中みたいに容赦無く跳ねるせいで、二人とも頭からそれを被っていた。張は、もともと五分刈りに近いほど髪が短かったが、鍾少佐は、化粧がすっかり落ちて、髪はぼさぼさ。泣いているのか、海水が滴っているのか判別は無理だ。二人とも長いこと海水を浴びているせいで、眼が腫れていた。この時化が収まってくれなければ、いずれ視力も失いそうな気がしてくる。

「そろそろ来ますよ……」

周期的に大波が襲ってくる。一時間前それに襲われた時は、ラフトがひっくり返りそうになった。シーアンカーが引っ張られて、千切れるかと思った。ぎりぎり持ち堪えてくれたが、いつまでもつかはわからない。確か、プールを使っての洋上脱出訓練で、教官は、ラフトは転覆して天地がひっくり返っても、いずれ元に戻ると教えていたような記憶があるが、今は、それを信じる気にはなれなかった。

たぶん、転覆したら、屋根部分に身体が沈み込み、上から覆い被さってくる重たいフロートに押し潰されることになるだろう。息継ぎも出来ずに、この狭い空間で溺れ死ぬのだ。

鍾少佐は、大波に備えて腰を動かし、座っている位置を少しずらした。張高遠は、波浪の周期の計算式を考えて、次の大波が来る時間を割り出していた。

「生き残ったら、波浪学の研究者になって、漁民のために尽くしますよ。だから、僕を生かしてほしい。それが人類のためになる」

「誰に向かって言っているの？」

「神様。ブッダにジーザスにムハンマドに、ポセイドンに、願いを聞いてくれるなら誰でも良い」

「そこに数学はあるのかしら？　紐理論は神の領域だと聞いたことがあるけれど」

「今の僕らに必要なのは、体力ですよ。それとも、僕らが体温を失って意識不明になるまで、あと何時間かかるか計算しますか？」

「結構よ——」

突然、波が静まったかと思った次の瞬間、まるで背中を押されたかのように、ラフトの端が持ち上がった。そのままひっくり返るかと覚悟したが、どうにか持ち堪えた。だが、叩きつけられるように、海面に着水した。衝撃で、船底が裂けるのではと思ったほどだった。

「今夜一晩、このラフトが持ったら、製造メーカーに感謝状を贈らなきゃ」

「それは、面白い命題だ。感謝状を贈れなければ、僕らは死ぬってことですよね？」

二人はだが、次の瞬間、顔を見合わせ、さらにラフトの天井を見遣った。何かのエンジン音が、頭上から覆い被さるかのように襲ってきたのだ。

鍾少佐は、慌てて起き上がると、シェルター部分のファスナーを少しだけ開いて首を外に出した。見慣れない四発機が、超低空で頭上を通過したのだった。

「救援機よ！」

「ヘリですか？」

「いえ。あれはたぶん飛行艇ね」

少佐は、慌ててライフジャケットを脱いだ。フライトスーツは地味な色だが、ライフジャケットは派手なオレンジ色だ。ここに生存者がいることを教えなきゃならない。

「飛行艇って、無理でしょう？　この時化で着水するなんて」

「いえ。この波は、シー・ステイトで言えば5相当。あの飛行艇なら降りられるわ！」

「冗談は止して下さい。風速だって時々二〇メートルは行っているって、さっき言ってたじゃないですか？　僕は飛行機嫌いだけど、陸上の滑走路でだって風速二〇メートルで離着陸なんて無理でしょう?」

「ぶつぶつ言わないの。さあ博士。貴方の方が小柄だから、私が貴方の身体を支えた方が数学的に合理性があるでしょう?　飛行服のベルトを握って支えるから、上半身を出して思い切りライフジャケットを振り回して頂戴!」

「ここで落水したら、もう二度とラフトには上がれませんよ?」

「大丈夫。支えてみせるから」

張は、へっぴり腰で舷縁に身を乗り出すと、旋回してくる飛行艇に向かって、弱々しくライフジャケットを振った。少佐が、全体重を掛けて張博士のベルトを引っ張っていた。

「信じられない!　あの飛行機、空中でほとんど止まってますよ!　なんであんなことが出来るんですか?」

「それは、数学の天才の貴方にも説明は難しいわね。簡単に言うと、あの機体は、主翼の上から高揚力装置を使って、気流を下向きに流しているんです。目一杯開いたフラップに向けて。それが、信じられないほど低速でも失速しない性能を生み出す」

「われわれもあんなのを持っているんですか?」

「ええ。我が海軍も飛行艇を持っているわよ。性能は段違いだけど。こと飛行艇に関しては、日本のこれを超える性能のものはロシアもアメリカも持っていないわ」

「でもこの波ですよ?」

「大丈夫。彼らはこの波でも降りられる」

上空をよく見ると、その飛行艇は二機飛んでいた。一機が偵察し、もう一機が降りてくる感じだった。

「自殺行為だ……」

やがて、飛行艇が目の前に着水してくる。派手な水しぶきが上がり、波間に浮き沈みするラフトからは、一瞬、それが海中に沈んだかのように見えた。

だが、浮かんでいた！――。エンジン付きのゴムボートが降ろされる。潜水服を着た二人の兵士が乗っていた。ほんの一〇〇メートルほどしか離れていなかったが、そのボートが近づくまで、永遠の時間が流れたような気がした。

ラフトに接舷すると、一人が中を覗き込み「二人か！」と指を二本立てた。

「そう二人だけ！　他にもラフトがある。海上保安庁のラフトに何人か乗っているはず！」

と鍾少佐は英語でまくし立てた。相手は「わかっている！　確認している」と大きく頷いた。

ゴムボートに乗り移り、飛行艇へと向かう。接近すると、意外に巨大な航空機であることがわかった。だが側面のハッチは小さい。全員が乗り込むと、両手で耳を塞ぐよう仕草で命じられた。四発エンジンのプロペラが回っているせいで、騒音も飛沫も凄まじかった。

アサルトライフルを持ったクルーがハッチに現れ、彼らが一昼夜乗り込んだラフトへと向けて銃撃を開始した。確実に沈めて、捜索の錯誤を避けるためだった。

横向きのシートに腰を下ろすと、衛生兵と思しき隊員が、まずバイタルを確認した。二人とも、体温が三五度台前半まで低下していた。バスタオルが与えられ、ヒーター付きの温熱毛布にくるまった。

その上からショルダーハーネスを締めてもらった。

「これ、沖縄とかに向かうんですよね？　那覇でしたっけ？」と張が尋ねた。

「いいえ。この飛行艇の航続距離を考えると、あと二、三回は着水してクルーを助けるはずよ」

「僕ら、ラフトに留まった方が安全なんじゃ……」

「私はエンジニアだから、この機体の性能と、パイロットの腕を信じるわ」

海上自衛隊のUS‐2救難飛行艇は、まるでコンクリートの上をバウンドするかのような衝撃を何度も受けながら離水した。最後に離水した瞬間は、ふわっと浮き上がるような感じだった。

無事、空中に上がると、乗組員が、紙カップに入った温かいコーヒーを二人に飲ませてくれた。風が強く、この大型機はガタンガタン！ と悲鳴を上げながら飛んでいた。

鍾少佐は、乗組員から会話用のインカムを受け取ると、巡視船に救出された後、何かの、恐らくは魚雷攻撃で、自分たちは宙に投げ出され、しかし浮き上がってきた巡視船のラフトに、仲間が何人か乗り込んだことを確認していることを教えた。

乗組員は、シーアンカーを打った状態のラフトを、他に三隻確認していると教えてくれた。四機の救難飛行艇が出動し、日中両国政府了解の下に捜索救難活動を展開しているとのことだった。ただ視程が悪く、日中にもかかわらず、見える範囲が狭くて完璧な捜索が出来ているか自信がないとのことだった。

鍾少佐は、やりとりが終わると、機首側をさして「トイレを貸して下さる？」と尋ねた。張は、瞼をパチパチさせて、目薬か、真水をとリクエストした。二人の戦いは、ようやく終わろうとしていた。

中国軍による南シナ海東沙島奇襲作戦に端を発した東シナ海の戦いは、九日目を迎えていた。中国軍は、東沙島の次の戦略目標として、尖閣諸島魚釣島へと強襲上陸し、日本側は、ごく僅かの民間軍事会社の元自衛隊員と、陸自特殊部隊の寡兵でこれを迎え撃った。

台湾軍も加わり、防備に徹していたが、解放軍は、上陸した部隊を援護するために、数度に及ぶミサイル攻撃を仕掛け、海上自衛隊は、イージス護衛艦のミサイル弾庫を空にしてこれを迎撃、飽和攻撃を撃退していた。

日本側は、戦略的忍耐をモットーとし、こちら側から攻勢に出ることはなかった。もとより、そのような戦力も持たない。一方的な防戦だったが、犠牲は、中国軍の方が遥かに大きかった。

日本国政府は、尖閣諸島での戦闘状態に関して、国民に対しては一切それを認めず、水面下で中国との和平を探っていた。だが、功を奏さず、アメリカの直接支援も得られない中、尖閣諸島を巡る情勢は、新たな状況を迎えようとしていた。

第一章　抗体

東京湾は晴れていた。ここでは、東シナ海の戦争とは別の国際的クライシスが進行していた。ウイグル族への弾圧を非難するテロリスト・グループが、上海沖で豪華客船を乗っ取り、船内で中東呼吸器症候群《MERS》ウイルスをばらまいたのだ。感染者は、船内のみならず、密かにテロリストが上陸した上海を起点に、中国全土にも拡がっていた。

明け方、米海軍のネイビー・シールズが人質解放作戦を決行し、犯人グループは全員射殺され、事件は解決した。だが、船内では今も感染者が増え続けているせいで、客船は、東京湾内をぐるぐると航行していた。接岸はしなかった。接岸すると、誰かが海に飛び込んで脱出を試みるからだ。

豪華客船〝ヘブン・オン・アース〟号（一三〇〇〇〇トン）では、東アジアの諸問題を討議する国際会議が開かれていた。主催は米政府で、日本が金を出した。

日本側は、元海上幕僚長を団長に、自衛隊ＯＢを送り込んだが、元海幕長はＭＥＲＳで死亡した。中国側も、それなりの数の代表団を送り込んできたが、すでに数名の犠牲者が出ていた。

客船には、シージャックされている最中から、防衛医大の医療チームが乗り込んでいたが、治療の成績はあまりよろしくなかった。全て手探りの状況で治療が続いていた。

客船が解放されたことで、新たな医療スタッフと、エクモの積み込みが為されたが、ウイルスがあまりに危険なため、どんな重症患者でも下船は許可されなかった。

だが、それまで治療に当たっていた防衛医大チームには、船内で休息する余裕も出てきていた。

防衛医大チームではないが、看護師&衛生隊員の資格を持つ第一空挺団・第四〇三本部管理中隊付き小隊長の原田拓海《はらだたくみ》一尉も、ほんの三時間、仮眠を取ることが出来た。ただし、強風が吹く客船の露天甲板で、防護衣を着たままだった。

ボランティアとして働く、本来はエンタメ部門スタッフのバイオリニスト・是枝飛雄馬《これえだひゅうま》が起こしに現れた。

「彼女の様子はどう?」

「ええ。めきめきと回復しています。さっきチューブも外れて、スマホで、母親と娘さんとも会話しました。もう大丈夫でしょう」

「それは良かった。二人の仲が上手くいくことを祈ってますよ」

「音無《おとなし》さんですか。年齢なりの回復度ですが、ドクターの話では、間違い無く抗体カクテル療法の効果が出ているそうです。これが全員に使えるかは、まだまだ症例不足だそうですが」

「うちの隊長が聞いたら喜びます」

原田は、日本側代表団が拠点に使っている部屋へと降りた。そこは、代表団長の佐伯《さえき》元海将が使っていた部屋だった。発症してから亡くなるまで、あっという間だった。

船上で開かれていた太平洋相互協力信頼醸成《CIC》措置《PO》会議の事務方を仕切る九条寛《くじょうひろし》外務省・総合外交政策局・安全保障政策課係長と、この船の船医である五藤彬《ごとうあきら》医師、そして防衛医大から派遣された永瀬《ながせ》豊《ゆたか》二佐。予備自衛官として派遣された三宅隆敏《みやけたかとし》三佐が揃っていた。三宅は五藤の恩師で、二人とも感染症学の専門家。防衛医大出の永瀬は、医者ながらレンジャー・バッジを持つ変わり者だった。

全員がタイベックス・スーツを着ている。マスクも帽子も、手袋まで二重で、さらにゴーグルも装着していた。ここでそれを脱げるのは、強風が吹く露天甲板だけだ。

「これからここで話すことはトップ・シークレットだ。船医の五藤先生は、純然たる民間人だが、感染症学の専門家なので聞いてもらいます。ただし、ここでの話は、他言無用です」

永瀬医師が口を開いた。

「ネイビー・シールズの制圧作戦の後、医療スタッフやボランティア、感染者の血液を降ろしたわけだが、その一次検査の結果が戻ってきた。原田君、実は君には、MERSの抗体がある。君一人だ」

原田は、目をぱちくりして驚いた反応を示した。

「何かの間違いでは?」

「いや、それはない。そもそも、誰だろうが、このウイルスの抗体なんて持っているはずはない。これは、例のウイグル人科学者が改造した変異ウイルスだ。君はその変異ウイルスの抗体を持っていたんだからな」

「僕は感染したんですか?」

「それが問題だ。このウイルスが船内でばらまかれたのは、どう見積もっても十日前だろう。上海でばらまかれたのは八日前。そして、君を含むわれわれが乗り組んだのは、六日前だ。可能性としては、君は乗船早々に感染し、自覚症状がないいまウイルスは消え――、つまり抗原反応は出ていない。抗体だけが残ったという可能性もゼロではない。

ない……。が、まあほとんどあり得ないだろうな。ただ私は専門家でないので、データを感染症学専門のお二人に見てもらった」

　と永瀬は、話を三宅に譲った。COVID‐19直後、永瀬が強引に声かけして予備自に登録させた男だった。

「五藤先生とも一致したのだが、君は恐らく、この四ヶ月から半年前に、このMERSウイルスに感染したか、そのワクチンの接種を受けている。もし感染したのであれば、君の周辺で市中感染が発生していたはずだが、そんなニュースはないから、答えは一つだ。君はどこかで、このワクチン接種を受けた。思い当たることはないかね？」

「ああ！――」

　と原田は呻いた。

「五ヶ月前、ノースカロライナ州のフォートブラッグ基地で、特殊部隊の戦場医療向けのコンベンションがありました。世界中から、アメリカの同盟国の特殊部隊の衛生兵と、その教官らが集まって、最新の戦場医療の知識を交換し、医療品メーカーの装備の見本市が開かれて」

「君、あれに行ったのか！」

　と永瀬が驚いた。

「あれは、私も出張を申請したんだぞ？　だが、予算が無いと行かせてもらえなかった。軍医殿の私の出張経費が出ずに、なんで衛生兵の君は行けたんだ？　変だろうそれ」

「自分も最初は断られたのですが、自費で休暇を取ってでも行くと申し出たら、部隊長の決裁が下りまして。ただし、飛行機はエコノミー、アメリカの国内移動は格安航空。泊まる場所は、自分で交渉して基地内の兵舎に泊めてもらえということでした」

「エコノミーでか？　うーん、まあそれが妥協点だろうな。俺はご免だぞ！　先生呼ばわりされて今更エコノミー・シートなんて」

　永瀬は憮然とした表情をマスクの隙間から垣間見せた。

「永瀬先生、それ今、どうでも良いことですから」と三宅が窘《たしな》めた。

「いやいや、大事なことだよ。階級とその職制に対する敬意は必要だよ」

「ところが、この話は続きがあって、結局、部隊長が手を回してくれて、最終的には、横田から米空軍の定期便でフォートブラッグまで辿りつきました」

「そんなことより、そこで何があったんです？」

と三宅は先を急がせた。

「最終日でしたが、COVID‐19の、これから出現するだろう変異株にも対応した新しいワクチンが開発されて、ついては臨床研究段階ではあるが、皆、協力してくれということで、免責事項と守秘義務のペーパー二枚にサインして、その接種を受けました。特に、副反応はありませんでしたが。守秘義務契約書にもサインしたので、部隊長への報告もしていません」

「COVID‐19のワクチンとは言え、それ拙《まず》いよね……」

「でも、そう言われたら、同盟国の軍人として、断れませんよね？　事実、辞退した人間は一人もいなかったと記憶しています。それが、このMERS変異ウイルスにも対応するワクチンだったのですか？」

「三種混合ワクチンというわけでもないだろうから、君が受けたワクチンは、純粋にMERSのワクチンだったのだろうと思うよ」

「どういうことですか？」

「ある噂があった……」

と五藤がしゃべり出した。

「COVID‐19の騒動が始まる、ほんの一ヶ月前頃だったと思う。私は二〇一九年の一一月だったと記憶しているんだが、アメリカ陸軍感染症医学研究所《USAMRIID》が、MERSのmRNAワクチンの開発に成功したというものだった。その噂が流れたのは、感染症研究者たちが集まる、あるアングラ・サイトだった。アングラというのは何しろ、治療薬やワクチンの開発にはビッグ・マネーが動く。だから、守秘義務もあって情報はなかなか出てこない。でもそういう情報に限って、誰かと共有したくなるものだ。サイトは確かウクライナにサーバーがあったはずだ。COVID‐19の研究では、大活躍したよ。研究者以外、誰も知らないサイトだが。

で、その話を聞いたというか読んだ時に、別に違和感は持たなかった。アメリカは中東での活動が多い、ユーサムリッドが、MERS対策に力を入れていることはみんな知っているからね。たしか、ラットでの臨床研究を始めるみたいな話だったと思う。原田さんが抗体を持っていると聞いて、その頃のログを調べて見たんだが、なんと、消えているんだ……。私のパソコンに記録されたローカルなデータが、なぜかそこだけ抜けていた。そのスレッドだけが……。誰かが、世界中のユーザーのそのログを消して歩いているらしい。そんなことが出来るのは、世界中でアメリカだけだろう？」

「国家安全保障局《NSA》の、何かのウイルスが侵入したということですね」

と原田が頷いた。

「いろいろと辻褄が合うだろう？」と永瀬が受けた。

「ネイビー・シールズは、テロリストの死体はもとより、戦闘後の血痕まで綺麗に拭き取って撤収した。まるで犯罪現場の証拠を消すみたいに。それから、アメリカの代表団だ。感染者数が一番少ない。というか、感染者は一人も出ていない。感染したと思われる外交官は、ＰＣＲ検査は陰性だったし、あれはたぶんただの鼻風邪だろう。恐らく、彼らもそのワクチン接種を受けていると見て良い。意識して受けたかどうかはさておき」

「中国が知ったら、面倒なことになりますね」

「そうだな。これから百万人、ひょっとしたら一千万人単位で死者を出すことになる。ＣＯＶＩＤ‐19の時のようには行かないだろう。だから、この件は最高機密ということになる。情報の処理は、外交官と政府に任せる。もし、感染が日本に及ぶようなら、政府は米政府にワクチンの提供を求めるだろうが、それまで、われわれも知らん顔をしてた方が良いだろう。ところで、そんなわけで、君はもうここから引き揚げて構わないぞ。部隊と合流したまえ。あっちでも腕の良い衛生隊員が必要になる」

「仲間が戦場で戦っているのに、二週間も隔離生活を送るのは申し訳無い。その間に戦争も終わるでしょう。このままここに留まります」

「隔離は必要無い。ねえ三宅先生？」

「全く不必要だ。貴方が感染している可能性はゼロだし、われわれはここで、感染防御のプロトコルを忠実に実行した。たとえ、貴方に抗体が無かったとしても、外に出て防護服を脱いだら、自由に行動して構わないよ。ま、せいぜい二、三日、マスクをする程度のことで。もちろん、日に二回のＰＣＲ検査キットは使ってもらうが」

「本当に大丈夫ですか？」

「そもそも、このＭＥＲＳウイルスの感染力は、ＣＯＶＩＤ‐19の初期型程度の感染力しかない。

大丈夫だよ」

五藤医師が、テーブルの下から、小さなタッパーウエアを出して「これを持ち帰って欲しい」と告げた。

中に、さらに何かに梱包された品物が収められていた。

「アメリカ代表団の、ある若手外交官の血を吸ったガーゼだ。診療室の医療廃棄物のコンテナからようやく探し出した。シンガポール港で彼らが乗り込んできた時、タラップを上り損ねて転んで、掌を怪我した。そのまま診療所に直行して、治療したのはカサロヴァ先生だけどね。これは翌日交換した包帯のガーゼだ。もしアメリカ代表団がワクチン接種を受けていたら、ここから抗体を検出できる」

「中国が欲しがるでしょうね」

「現状では、唯一の物証だからね」

この船には、中国政府代表団も乗っていれば、中国の対テロ部隊の残存兵も乗っている。彼らは今も、ブリッジの周辺で、テロリストの血の痕跡を探していた。中国もまた、アメリカがワクチン開発に成功したことを疑っているのだ。テロ・グループは、そのワクチン接種を受けた上で、この作戦を決行したのだろうと。

「自分に知る権限はないかも知れませんが、外務省はどうなさるのですか？」

と原田は九条に尋ねた。

「ことがことだから、携帯や無線で陸側に報せるわけにはいかない。間違い無くNSAが盗聴しているだろうから。簡単な報告書を手書きで認《したた》めて、その紙切れを誰かに手渡しするしかない。こうなっては、パソコンも恐ろしくて使えないですよ。こうなった後のことは、自分のような下っ端にはわからないし、たぶん報されないだろう」

「わかりました。後ろ髪引かれる思いですが、一足先に下船させてもらいます」

「申し訳無いけど、私が認める報告書を預かって、霞ヶ関まで届けて下さい。誰に手渡すかも、名前を書きますから。その場で読んでもらって、たぶん向こうは聞きたいことが山ほどあるだろうから、その質問に応じて下さい。できれば、それなりの防護措置を取った上で」

「外務省は、専門家の言うことを信じないのかい?」

と永瀬が問うた。

「だって、コロナの後ですよ? 用心の上にも用心して十分ということはない。ワクチンがあるということは、特効薬もあるということですか?」

「そこまでは期待しない方が良いな。そのワクチンにしたところで、あるとしても、どのくらい量産されているか、怪しいもんだ」

原田は、習志野と帰隊手順のやりとりをした。木更津を拠点に、医薬品を積んだ定期便ルートを作ってあるから、それに乗れということだった。帰りは霞ヶ関へと回るようリクエストして、荷造りを始めた。

それから、二度三度と防衛省から電話で呼び出された。九条が認めた手書きのメモを受け取り、防護衣を着たまま、最上階のヘリ・パッドへと向かう。ビニール袋を持った是枝が追いかけてきた。

「済まない是枝さん。一足先に引き揚げることになりました。ついては、防衛省から、貴方も同行させるようしつこく言ってきましてね。一応、ご本人には伝えると応じましたが……」

「あいつが直接、耳元で怒鳴りつけたんでしょう?」

「いやぁ、穏やかでしたよ。でも父親はそういうものでしょう。ここでの貴方の活躍を誇りに思ってますよ。どうします？」

「考えるまでもない」

　陸上自衛隊のＵＨ‐２新型汎用ヘリが降りてくる。原田は、防護衣を次々と脱ぐと、それを是枝が持つ45リットルのビニール袋に丁寧に入れた。最後は、軍靴を覆っていた靴カバーと帽子を脱ぎ、マスクを外し、手袋を一枚脱いだ状態で、新しいマスクをして、その最後の手袋も脱ぎ捨てた。

　そして、踵を揃えると、最上級の敬礼を是枝に捧げ、ヘリへと乗り込んだ。


　シンガポール、各国大使館が集まるエリアに近い、ラーニング・フォレストは、ごく最近オープンしたばかりのシンガポール最新の観光スポットだった。南側へ通り一本隔てると、シンガポール外務省、そしてその隣は米国大使館、背中合わせに英国大使館、中国大使館があり、インターポールの反テロ調整室《RTCN》もある。

　そのＲＴＣＮ代表統括官の地位にある許文龍《シュウェンロン》警視正は、ソルボンヌ大留学経験を持つ中国の新世代のパワーエリートだった。

　彼は、豪華客船を使った、大量生物兵器テロを阻止した功労者だったが、それは完璧ではなかった。残念ながら感染は、上海市内から全土へと拡散しつつある。客船が解放されたことで、彼らの仕事も一段落だったが、やるべき仕事はまだ山積していた。ただ、秒を争う状況からは解放されたというだけのことだ。

　許警視正は、テンプス・ヘリテージ・ツリーの近くのベンチに腰を下ろした。隣に座るイギリス人女性とは、二人分の間隔を開けて座っていた。

「われわれがこんな場所で会うのは拙くないか

ね？　イギリス外務省と目と鼻の先。時々、職員がここで散歩しているだろう？」

と話し掛けた。

「貴方は、公的な肩書きでここにいるわけで、別にやましいことはないでしょう。それに、客船が解放されたことで、皆ほっとしている。その背後で、いろいろまだ進行中だなんて思っているのは、ごく少数よ」

イギリス対外情報部MI6極東統括官、オーバーロードの肩書きを持つマリア・ジョンソンはそう応じた。

「香港を巡っては、あれほど秘密主義に徹した貴方の台詞とも思えない」

「結局のところ、彼らは、全体主義に順応した。われわれの活動は無駄ではなかったにせよ——」

「いいや、全く無駄だったね。そこは譲れない」

ジョンソンは、トートバッグから出したA4ファイルをベンチ上に滑らせた。

「貴方が欲しがっている情報よ。深夜、米大使館のワゴンから降りてきて客船に乗り込んだアラブ系の男性の身元です。たいした情報は無い。バースィル・アル・マクトゥーム。出身はレバノン。幼い頃、難民としてアメリカに渡り、苦学してパリ大学に留学、テロの資金を出したハリーファ&ハイガー・カンパニーのCEOナジーブ・ハリーファとはパリで知り合った。彼が運営していた苦学生を援助するNPOの世話になっていた。そして、今はCIAのアラブ地域担当エージェント……。うちのアラブ担当者に聞けば、もう少し詳しいことがわかるでしょうけれど、そうすると、毒蛇が潜む藪を突くことになる」

「これで十分だ。ネイビー・シールズは、血しぶき一つ残さず客船を立ち去った。ハリーファの死体も一緒にね。イタリア人船長が、死んだ後のハリーファの面通しをしたそうだから、首謀者の死は間違い無いだろう。だが、ウイグル人科学者のハリムラット・アユップ博士はまだ見つかっていない。乗組員として勤務していた数名の仲間も。船内にいる対テロ部隊に捜索を命じているが、普通に考えれば、シールズの兵士に化けて船から脱出したんだろう」

「ハリーファの遺体引き渡しは要求しているんでしょう？」

「もちろんだ。だが、アメリカは一日かそこいら経ったところで、ぬけぬけと言ってよこすさ。偶像化を防ぐために、テロリストの遺体は太平洋に水葬したと」

「で、貴方の見立ては？」

「このバイオ・テロの本当の首謀者はアメリカで、たぶん彼らはワクチンもすでに持っている。それ以外、どんなふざけた話が出来ると思う？　それより、こんな重大な情報を、イギリス政府がわれわれに教える理由を聞きたい。たぶんＣＩＡは、ＦＢＩのメアリー・キスリング女史にほいほい情報を渡すようなことはしないだろう。君とメアリーとの友情にもひびが入ることになる」

「メアリーとのことは心配ご無用。お互い仕事上の付き合いですから。世の中にある大きな誤解は、米英はピロートークまであけすけに喋り合う関係だと誤解されていることよね。でも、兄弟関係にあって、こんな重大な秘密を隠されるのは気分が良いものではないわ。もし、アメリカが関与しているとしたら、イギリス政府は、この状況を不快に思っている。そういうことよ」

「わかった。例の集まりでは、私は何一つ知らず、キスリング女史に情報をせっつくことにする。お礼だが、半年前、中国への麻薬の密輸容疑で死刑判決を受けた二人のイギリス人女子学生が、間もなく釈放され、北京のスウェーデン大使館に到着する。表向きには、中国政府からの、イギリス政府との関係改善のシグナルという話になる」

「有り難う。政府として感謝するわ。親も喜ぶでしょう。もしワクチンがあるとしたら、この状況は変わるかしら？」

「そのワクチンが一四億人分あるなら別だが、今すぐ量産を始めても、行き渡るには一年以上掛かるだろう。その間に、中国同胞が一億人は死ぬことになるな……」

許は、受け取ったファイルを肩に掛けたザックに仕舞って立ち上がった。

「許《シュ》さん。貴方に、知っておいて欲しいことが一つあります。香港では、物事が徐々に進行した。ショックは、それで緩和された。けれど、私はいつも打ちのめされている。たかが絵本まで反国家主義と槍玉に挙げられて、著者が逮捕されている状況に」

「香港人を無垢な羊に描き、中国共産党を悪辣な狼扱いして描くような連中だぞ？　しかし、貴方が置かれた状況には同情するよ。自分がそんな思いをせずに、祖国が勝ち続けることを祈るのみだ」

「アメリカが出てきたわけでもないのに、もう軍艦を三隻も四隻も沈められた。止め時を考えるべきよ」

「そこは同意するけどね」

許は、大股で歩き出した。一番近い出口まで小走りに走り、迎えの専用車に乗り込んだ。

鍾桂蘭《チオンクイラン》海軍少佐らを乗せたUS‐2飛行艇は、その後一回だけ着水し、漂流していたラフトの仲間を三名救出して高度を上げ始めた。雲海の上に

出ると、観測窓から陽光が差し込んでくる。その角度から、向かっているのが那覇ではないことはわかった。着陸したのは、どこかの小島の空港らしかった。

滑走路エンドで降ろされると、飛行艇はまた飛び去っていく。マイクロバスが走って来て、捕虜を収容した。何も無い島だった。鍾少佐は、しばらくしてそこが、宮古島の隣にある下地島《しもじじま》空港だとわかった。

空港島から海峡を渡った島の観光ホテルへと案内される、数名の制服警官が固い表情で待ち受けていた。

中年小太りの女性が、バスから降りる彼らに話しかけてくる。明らかに台湾人だった。

台湾の観光業者で、いつもは、宮古島で台湾人観光客を案内しているということだった。

女性は、時々、メモに視線を落としながら喋った。

「それで、とにかく、皆さんついてました！　聞いたところでは、沈没した巡視船の生存者はほんの数名だそうです。代表者というか、士官？　はどなたになるのかしら？」

鍾少佐が一歩進み出た。

「私です。助かったのは何人かしら？」

「もう一機、降りてくるらしいけれど、何人乗っているかは。皆さんは何人だったの？」

「墜落した時は、自分を含めて一〇名が生き残って、その全員が、巡視船に救助されました」

今、ここにいるのは五名だ。

「そう。みんな若いのにねぇ。しかも女ばかり……。一人でも多く助かると良いわね。それで、ジュネーブ条約？　そういう国際法に従って、皆さんの安全と健康は保障されるそうです。北京側に、名簿を提出する必要があるので、あとで、名前を書いてもらいます」

「あの、着替えとか……」

「ええ！　もちろん。えと、今、宮古島から、そういう着替えとか、役場の人が買い込んで向かってきてます。下着からズボン、生理用品も。お風呂も準備中だし、健康診断に医者も来るはずです」

「われわれは、どうして那覇では無く、ここに降ろされたのかしら？」

「それは、どうしてなのかしら……」

　通訳は、隣にいた役人と思しき日本人男性に尋ねたが、その男性も頭を掻いて首を傾げ、二言三言喋った。

「推測だけど、那覇空港は戦争でそれどころじゃなく、住民感情もあって、警備の手間が掛かるからではないかと」

「こんな戦場に近い場所、まるで人質みたいだ……」

　と張高遠《ツァンガオユエン》が小声で呟いた。

「贅沢言わないの！　貴方たち、いったいどれだけの兵隊さんが死んだと思っているのよ？　解放軍は負けてばっかりなのよ。少しは自分たちの幸運に感謝しなさい！」

「すんません……」

　張がしょぼんとして頭を垂れた。

「とにかく、この後、自衛隊だか米軍だか、日本政府の役人さんだかが来て、一通り事情聴取して、日本本土に移送になるでしょう。それが今日中なのか、明日か、一週間後かはしりませんけどね。食べものも、島の美味しい食材を用意させます。貴方たちは、生き残った幸運を噛みしめて、私は、貴方たちが無事に親の元に帰れるよう、最善を尽くします」

「全員、通訳殿に敬礼！――」

　全員が整列して敬礼した。張も真似事で敬礼してみせると、台湾人通訳は、大いに満足した顔だった。

　張も鍾も、飯なんてどうでも良いから、揺れない地面で爆睡したい気分だった。二〇分後、もう一機の飛行艇が降りてきた。だが、そこから降りて来たのは、残る全員では無かった。たったの三人だった。二人、行方不明になっていた。

　自衛隊は、恐らく全力を尽くして捜索を続けてくれるだろう。まだ望みを捨てる必要は無い、と鍾は、みんなに言い聞かせた。

　ここは、尖閣諸島からほんの二〇〇キロしか離れていない最前線だ。だが、空を飛んでいる飛行機は一機もいなかった。戦場からほんのちょっと下がるとこんなものか……、と鍾は思った。


　海上自衛隊で最も新しい二隻のイージス護衛艦〝まや〟（一〇二五〇トン）と〝はぐろ〟は、相次いで那覇軍港へと戻ってきた。今回もまたミサイル弾庫を空にしての帰還だった。

　那覇軍港を守るために、隣接する陸自駐屯地では、ペトリオット・ミサイルの発射基が空を睨んでいる。

　その強力なレーダーのせいで、ウォーキートーキーに時々ノイズが入った。

　海上自衛隊機動補給隊を率いる倉田啓輔《くらたけいすけ》二佐は、今回もまたクレーン車の箱に乗って、〝まや〟のブリッジ横のウイングに挨拶に登ってきた。

「酷いもんだ！　満身創痍というか、まるで月ロケットのサターンVのエンジンで焼かれたような感じですよ。でなきゃ火災で丸焦げになった軍艦だ」

「そんなに酷いかね？」

　と第一護衛隊群司令の國島俊治《くにしましゅんじ》海将補は、ウイングから身を乗り出した。

「何しろ、時化が酷くてね。垂直発射基から飛び出したミサイルが、一瞬ふらついてブリッジに衝突しそうな場面が何度もあった。おまけに近接防空《CIWS》火器システムも使ったし。ＣＩＷＳの弾庫も空だ」

「それ、使うべきでない武器ですよね。もっと遠くで叩き墜さなきゃ」

「全く同感だ！　ミサイルはまだある？」

「ここにある分だけで、もう二回は補充できます。今も届きつつある。ただ、それもミサイルを積む護衛艦が無事である前提ですからね。無茶は困りますよ」

「わかっている。だが、この〝まや〟や〝はぐろ〟でなきゃ撃てないミサイルがあるだろう？」

「米海軍のイージス艦はどこにいるんですか？　連中は、こっちの護衛艦が沈められたら、梯子《はしご》を外して和議とか言い出すんじゃないですか？」

「声がでかいぞ」

「やつら、あれだけ犠牲を払ってもまだやるつもりなんですか？」

「解放軍の全戦力からすれば、まだ一割も失っていない。軍司令部としてはそういう判断になるさ。とにかく補給を頼むよ」

　ウイングから艦橋前方を見遣ると、確かにあちこちに焼けた跡があった。火ぶくれみたいな所もある。普通に発射すれば、そんなことは絶対に起きないはずだが、昨夜の戦闘がいかに過酷だったかだ。最悪の場合、弾庫から飛び出た所を波に叩かれて、その場で誤爆する可能性もあったのだ。

　われわれの幸運は、まだ続いているな……、と國島は安堵のため息を漏らした。

第二章　尋問

　半年前、潜水艦隊司令官を最後に制服を脱いだ平賀貞臣《ひらがさだおみ》元海将は、ヘリから護衛艦に降り立つと、さらに複合艇に乗り込んで、洋上で波に揉まれる潜水艦へと向かった。

　そうりゅう型潜水艦十一番艦の〝おうりゅう〟(四二〇〇トン）の船体に近づき、複合艇で一周した。酷い状態だった。報告では、セイルの吸音タイルが何枚か剝がれているという話だったが、船体のそれも剝がれている。恐らく、全体では数十枚は剝がれたはずだった。

　舵の故障は、眺める限りでは確認できない。ダイバーを潜らせてみたが、見た目上の異常はなさそうだった。

　それから、司令塔下に近づき、時化《しけ》た海で、波長を読み、投げられた縄梯子を伝って潜水艦に取り付き、発令所へと降りた。

　平賀は、「皆、ご苦労だった！」と一言訓示すると、ひとまず進むべき航路と、目的地を航海長に告げてから、士官公室へと直行して上座に座った。艦内での作業服姿だった。

　最初に、第一潜水隊群司令の永守智之《ながもりともゆき》一佐が現れ、やや遅れて〝おうりゅう〟艦長の生方盾雄二《うぶかたたてお》佐が入って来た。

　そして最後に、航海科の村西浩治《むらにしこうじ》曹長が、淹れたてのコーヒーポットを持って現れた。

「久しぶりだな、曹長。娘さんはそろそろ幼稚園だよね？」

「はい、おかげさまで。御用は何なりと」

「すまんが、ちょっと小腹が空いたんだ。後で、パンを一切れ持ってきてくれ。千切って喰うから、余計なものは何も要らんよ」

「了解であります」

村西がハッチを締めて出て行くと、「私が貧乏くじを引かされた理由を知りたいんだろう？」

「予備役でもない平賀海将がここにいらっしゃることの説明は聞きたいですね」

「まあ、私は防衛省の顧問だし、メーカーの顧問でもある。天下りというほど優雅じゃないがね。誰か鈴を付けてこいということになり、盆栽の手入れに忙しかった私が呼び出されたんだ。変な話だよ、どんなに奉公しようが、われわれ潜水艦屋が海幕長に出世することは無いのに、なぜか一番きつい仕事を割り振られる。誰とは言わんが、あいつらが、イージス艦に乗ってぶいぶい言わせていた頃、私は、任務艦を指揮して人に言えん場所の海底に二週間も留まり、ただ聴き耳を立てる任務に当たっていたんだぞ。天気予報すら届かない深度で」

「海将、ここでそんな愚痴を言われても……」

生方が本題に入ってくれ、と口を挟んだ。

「何隻沈めたんだ？　東沙島のフリゲイトから数えると、三隻か……。驚くよな。宣戦布告も防衛出動も出ていないのに、戦争おっ始めて誰も責任を問われないなんて」

「自分らがやったと、自慢して歩くわけではありませんからね」

と永守が言った。

「証言録取のようなものが必要なら、紙でもＵＳ

Bメモリでも用意させますが？」

「それはまあ、おいおい聞くよ。当然、任務報告書は出してもらうことになるだろうが、それは私の仕事じゃない」

「まさか、このまま戦場に戻れとか？」

「司令部もそこまで鬼じゃないだろう。そうだ、電源を落とす前に、見せておこう」

と平賀は、ポケットからスマホを取り出して、一枚の写真を見せた。

生方艦長が、身を乗り出してそれを覗き込んだ後、「信じられない！」と呻いた。

「これが鬼畜の所行でなくて何だというんですか！」

そこには、ドックの写真が写っていたが、そのドック自体が、海面に浮かんでいた。

「瀬戸内の造船会社が、シンガポールからの発注で造った二万トン級の浮きドックをシンガポールへと運んでいた。新造した貨物船を台船代わりに積んだ状態でね。発注者は同じ会社で、向こうで進水式をやりたかったらしい。この騒動で、出港したものかどうか迷ったらしいが、太平洋側の航路を取ることにして瀬戸内を出た。今、この浮きドックは、積んでいた貨物船を降ろし、沖永良部島へと向かっている」

「意味がわからない。この艦の損傷をご覧になったでしょう？　吸音タイルを貼り替えるのも大仕事だ。舵に関しては、たぶん分解して調べなきゃならない。最低でも半年はドック入りですよ。こんなのを頼ってどうなるものでもない。だいたい、ドックへの固定はどうするんですか？　盤木《ばんぎ》を用意し、水を抜いた後は足場も組まなきゃならない。その作業だけで突貫工事でやっても十日はかかるでしょう」

「それが、このドックは最新式の奴で、盤木は、渠底《きょてい》から油圧で自動的に出てくる。平底だの潜水艦だのといちいち人間が計測する必要は無い。レーザーか何かで測っているんだろう。足場を組む必要も無い。ドックの両舷にはレールがあって、人を乗せた籠が、クレーンで前後左右自在に高さも変えて近寄ってくる。要は、修理期間の大幅な短縮を可能とするわけだ。シンガポールは、昨今、通過する船舶も激増しているから、その手のメンテナンスに備えるため、最新式の浮きドックを買ったということらしい。メーカー関係者が、必要な資材を持って沖永良部島へと飛んでくる。消費した魚雷も、その隙に補給艦を横付けして搬入する」

「三日とか……」と永守が呟いた。

「いや、メーカーには、出来れば一二時間、最大二四時間で修理せよ、と言ってある」

「それは吸音タイルのことですか？」

「故障箇所、全てを含めて」

「たった二四時間で舵を分解して、元通りにするなんて無理ですよ。スクリューも損傷を受けているかも知れない」

「今は問題ないんだろう？」

と平賀は艦長に質した。

「はい。衝撃波を喰らった直後は、ひどく舵が重かったですが、今は以前に戻りました。ただし、本艦が発しているノイズがどのくらいかは、わからない。自分たちでは計測のしようが無いですから。舵が一見正常に戻った理由は、衝撃波で歪んだ箇所が、水流を受けて、徐々に元に戻ったのだろうと思います」

「そんなところだろうな。ノイズの件は、おいおい友軍に調べてもらおう。近くを通りかかる護衛艦のソナーでな。となると、問題は吸音タイルのみだ。もちろん、舵とスクリューは、メーカーに判断を委ねる。彼らが駄目出ししたら、このまま陸のドックへと引き揚げる」

「いったい、これはどういうことなんですか？　この一週間、クルーは命をすり減らして任務をこなした。この上、撃沈されるまで戦えと命じるんですか？」

「この一週間に起こったことで、本艦とそのクルーは、勝負事に強く、優秀であることが証明された。とりわけ危険な任務に当たっていることは事実だが、今この瞬間も、たぶん何隻もの仲間が、任務艦として、最前線のさらに向こう側にいるだろう。前線のすぐ手前で待機中の艦もいる。君たちは確かに結果を出したが、この戦争は終わったわけではない。残念だが、休暇を与えられるのは、戦争が終わってからだ。それはたぶん、明日や明後日じゃない。修理中は、乗組員は沖永良部の空自分屯基地に引き揚げて、どこかで雑魚寝くらい出来るよう配慮するよ。この浮きドックは、実は修理中の船内に電源を供給する能力もあるんだ。うちも一隻こういうのを買えば良いのに」

「どうせ観光客は逃げた後だ。ホテルでも貸し切って欲しいですね」

「上と掛け合うよ。その程度の慰労はあってしかるべきだ」

「正気ですか？　群司令……」

と艦長がぼやいた。

「戦争中なのは事実だ。われわれはそれなりの働きをしたと自負しているが、艦を降りてリゾートでのんびり出来る状況で無いことも事実だ」

「そういうことだな。ところで、永守君は、そろそろオカに上がった方が良いんじゃないの？　隊司令ならともかく、潜水艦を何隻も指揮する立場にある群司令殿が、ずっと海中にいるって状況は拙いだろう」

「陸に残っている部下は皆優秀です。支障があるとは思えないし、この後もずっと危険な任務を命じられるのに、まさか、自分だけ艦を降りられると思いますか？」

「私だってそう言うね。まさに乗りかかった船だ。君は、どれだけ我が儘を通そうが、潜水艦隊司令官のポストは手に入れた。海幕長は無いが、退職したら本でも書くんだね。私は、修理と補給を監督したら引き揚げる。艦長は、異存はあるかね？」

「この苦行は、将来得られるポストに見合うんですか？」

「それはないな……。生き残ったところで、誰かの命を奪ったという業から逃れられることはない。われわれは、それが任務だからやり遂げるまでだ」

「わかりました。昼飯の用意をさせましょう。若い連中が、例の話を聞きたがるでしょう」

「例のって、ウラジオストック沖でのか？　そんなたいした話じゃないぞ」

潜水艦〝おうりゅう〟は、本州へと帰投するコースを偽装し、沖永良部島へと向かって針路を取った。仮に、一二時間や二四時間で修理が完了したとしても、その間に戦局は大きく動くだろうな、と皆が思っていた。

日本と台湾は、薄氷を踏むような戦闘を繰り広げている。今はまだ勝っていたが、中国軍の軍備は、まだまだ無尽蔵だった。

こちらは一戦負ければ、そこで詰むような戦力しか無いが、あちらは、負けが込んでも次から次へと戦力を繰り出せるのだ。

陸上自衛隊水陸機動団の北京語講師兼格闘技教官の司馬《しば》光《ひかる》一佐は、台湾総統府が用意したAT

R‐72双発機で、下地島へと降り立った。台北を出て日本領土に戻ってくるのは、十日ぶりだった。

ジーンズにTシャツというラフな格好でエプロンに降り立つと、迎えの陸自車両が待っていた。そこで厳重に密封されたペーパーを受け取った。

「こんなのタブレット端末にデータを送れば済むのに、日本人て本当、紙が好きよねぇ……」とぼやいて開封し、動き出したワゴンを止めさせて、しばらく資料に目を通した。

話をする相手は二人だけだった。後は、雑魚と言っては失礼だが、台湾側に引き渡しても問題は無いだろうという判断らしかった。

リゾートホテルのフロント奥にあるレストランが貸し切られていた。戦時捕虜をリラックスさせるために、そこが選ばれた。海岸線を見渡せる場所に、司馬は窓を背にして椅子に腰を下ろすと、陸自隊員がモニターやWEBカメラをセッティングするのを待った。

水平線の向こうには、宮古島があった。今はこも立派な陸自駐屯地だ。

人民解放軍の隆盛に対抗して、日本は、南西諸島にずらりと地対艦ミサイル部隊を配置して対応した。

中国を怒らせるだけで、たいしたメリットはないと司馬は思っていたが、政府として何かしたかったのだろう、という程度に受け止めた。

まず、鍾桂蘭《チオンクイラン》少佐が呼ばれた。上下のジャージー姿だった。

「ごめんなさいね、寝ている所を起こして」

司馬は、座ったまま彼女を出迎えた。敬礼もしなかった。司馬は、とても軍人には見えない格好だが、鍾少佐は、独特の雰囲気がある女だと思った。恐らくは情報機関の人間だろう。しかも、全く訛りのない北京語を話す。

「他の乗組員の様子はどうかしら？」

「ええ。食事して、今はほとんど寝ています。それなりの待遇で感謝していますが、皆、保湿液が欲しいと言ってまして……。長いこと海水に浸かっていたせいで、風呂場にリンスはあったけれど……」

「気が付かなくてごめんなさい。男社会って、これだから嫌よね」

司馬は、足下に置いたトートバッグをがさごそ漁り、化粧水とコットンをテーブルに置いた。

「差し上げます。後で、誰かをドラッグストアに走らせるけれど」

少佐は、びっくりした。それはハリウッド女優が使っているという噂の化粧水だ。ファッション雑誌でしか見たことはない。一本分のお値段でパイロットの月給すら飛んで行く。

「これ、本物……」

「まあ良いじゃないの。この歳になると、どんなに高級な化粧品も、砂漠のサボテンの棘《とげ》から掬《すく》う一滴の水よね。気休めにもなりゃしない……」

「その後、クルーの情報はありませんか？」

「ごめんなさい。良い情報を伝えられるつもりでいたのだけど、波間に浮き沈みしている二人の遺体を確認、回収したそうです。二名とも女性。飛行服のパッチから判断して、貴方の部下だろうと思われます。ご遺体は、簡単な検視を済ませた上で、成田空港へと運ばれます。貴方たちも、成田へ向かい、そこでモスクワ行きのアエロフロート便に乗り込む。日本海に出た後、その旅客機がどこへと向かうか、われわれは関知しない」

覚悟はしていたが、悲しみが押し寄せる感じだった。遺族の元へは自分から報告に赴かねばならない。

「気に病んでも仕方無いわ。これが戦争の現実よ」

「全員で、帰国できると理解して良いですか？」

「問題はそこで、われわれは戦闘機のパイロットも多数、救出しました。たぶん十数名。台湾側が、それを遣《よこ》せとしつこく言ってきて、彼らは、台湾へ引き渡されることになりました」

「さっき降りて来たのは、ATR‐72。台湾のコミューター航空が使っている。あれに乗せるんですね」

「その辺りの手順はまだ聞いてないけれど。要は、宣伝戦に使える戦闘機パイロットが欲しかったということよね。彼らは文明人よ。しかも同胞。別に酷い扱いは受けないわ。で、哨戒機のクルーには関心なさそうだったから、皆さんは、さっさと帰国してもらうことにしたわけです」

「貴方も同胞ですね。それは語学教室で身につけた北京語ではない。顔も、大陸西方の少数民族の顔立ちに近い」

「私のルーツはウイグル。カシュガルの方に近いと聞いてます。でも回教徒的な教えを受けたことはない。あそこで起こっていることには胸を痛めているけれど、何ができるわけでもないし。ところで、この後、全ての搭乗員に話を聞くわけですが、階級章も名札もない飛行服を来ていた坊やがいたらしいわね？」

「ああ、彼は……。彼には申し訳無いことをしました。電圧の管理が難しくて、しょっちゅうシステムがシャットダウンするんです。それで、電気技師を一人乗せて、原因を突き止めようと。彼、軍属ですらないから、早く親元に帰してあげないと」

「そうなの。ま、ああいう若者が生き残ってくれたことが救いよね」

　レストランの入り口で、自衛官が合図して準備が整ったことを告げた。

「リモートだけど、東京から、ぜひ貴方と話がしたいという人がいます。海上自衛隊のパイロットだそうです」

司馬は、二人の斜め向かいに置かれた二〇インチ・モニターの電源を入れ、ヘッドセットを被り、同じものを少佐に渡した。

モニターが蘇ると、無地無色の白い壁を背景に、パイロット・スーツ姿の男性が、髪の乱れを気にしている様子が映し出された。

「ええと、これ、そちらは見えてますか？　英語でよろしいんですかね？」

司馬は、「見えているわよ」と応じてから、「英語の方が良いわよね？　都合の悪い質問には、わからなかったふりをすれば良いから」と少佐に尋ねた。

「わお！　すっぴんですよね？　彼女。スゲー、美人だ！」

「それ、通訳する必要があるかしら？　この人、すっぴんなのに、貴方がとても美人で驚いているわ」

「部下を何人も亡くしたんです。その手の軽口に、笑顔で応じる余裕は無いと伝えて下さい」

司馬がそれを通訳すると、画面の中のパイロットは、平身低頭、頭を二度三度と下げた。

「ソーリー！　アイム・ソーリー。僕は、樋上《ひのうえ》幸《こう》太《た》二佐。Ｐ‐１哨戒機のパイロットです。まずお詫びを。貴方の機体を優先して撃墜するよう各部隊に要請したのは自分です。てっきり、狙われていることに気付いていると思っていた。だから、さほど前線には出ないだろうと。潜水艦が見つかったのは、こちらのミスです。もちろん、貴方が開発している機体の素晴らしさは知っている。貴方がＡＥＳＡレーダーのエンジニアであることも。貴どこから聞いたかは気にしないで下さい。

　特に、貴方たちが搭載しているＬｉＤＡＲは素晴らしい性能だ。われわれもその先進性には気付いていたが、これまで、それを装備する必要は無かった。今後は選択肢の一つになることでしょう。結果的に貴方の機体は撃墜されたが、味方の潜水艦は酷い損害を被った。たぶん一年は、ドック入りでしょう。戦死者は出したが、貴方は結果を出したのです。

　本来なら、成田で見送りたいのだが、こういう状況下で、われわれも身動きが取れない。平和が戻ったら、ぜひどこかでお会いしましょう！」

　少佐は、どう返事しろと？　という困惑した表情で司馬を見遣った。

「良いのよ、無視して。二佐殿、彼女は返事に困っているようだから、このくらいで良いかしら？」

　と司馬は日本語で喋った。

「もちろん。困惑させたなら申し訳無い。それと、貴方と一緒に飛んでいる、デュアル・バンド・レーダー搭載の早期警戒機、空警‐600。あっという間に修理を終えて出てきたので驚いてます。でも、気をつけた方が良い。あの機体こそは、戦闘機より優先して撃墜するよう命令が出ていますから。開発者の浩菲《ハオフェイ》中佐にもよろしく。確か、大学では貴方の先輩でしたね。貴方がこの戦争を生き残り、博士号論文を仕上げる日が来ることを祈っていますよ。さようなら！　お元気で――」

　回線は向こうから切れた。

「なんでそんなことまで知っているんです？」

　と少佐は驚いた顔で尋ねた。

「さあね。まだネットもない冷戦時代。領空に接近するソヴィエト空軍の戦闘機めがけて、うちの戦闘機がスクランブルしたら、何とか君、今日の誕生日、おめでとう！　と紙切れがコクピットに貼ってあったそうよ。兵隊のプライバシーはそんなものよね。貴方への事情聴取はこれで終わりです。階級順に出頭するよう命じて下さいな」

「貴方は、いざ話してみると、情報機関の人間には見えませんね。でも近い所にいる……」

「ああ、日本には情報機関は無いから。ただ北京語を喋るというだけで、私みたいなおばさんが扱《こ》き使われるのよ」

「部隊を代表して、島民の皆様に感謝を伝えて下さい。貴方たちの暮らしを破壊したのに、われわれを歓迎してくれて感謝していますと」

「そうね。この戦争が終わったら、また観光客として出迎えなきゃならないから、無下には出来ないわよね。その時、まだお礼の気持ちがあったら、みんなで来て下さい。今度は観光客として」

鍾少佐は、立ち上がって敬礼すると、化粧水とコットンをもらい受け、二人の制服警官に迎えられてレストランを後にした。残ったクルーの事情聴取では、適当な世間話や、最近の流行に関してお喋りし、司馬は自分の情報をアップデートした。

そして最後に、坊やというしかない、若い青年を呼んだ。張高遠《ツァンガオユエン》は、怯えている顔だった。万引きで捕まり、初めて交番に連行された少年のような表情だと司馬は思った。

「ええと、張高遠さん？　丸半日、時化の海で漂流する羽目になって大変だったわね。でも、親を悲しませずに済んで良かった。電気技師なんですって？」

「はい。自分はまだ新入りなんですが、上司が自分は所帯持ちだから嫌だと押しつけられて、嫌々乗りました。飛行機は大嫌いです。もう二度と乗りたくない！　あ、一応、会社の番号は、さっきの紙に書きましたが……」

「ええ。たぶん連絡が行くと思うわ」

「有り難うございます」

「それでと……」

　司馬はテーブルに載っているノートやコップ類を横にどけて、自分のスマホをテーブルに置くと、プレーヤーを起動した。ザー、という何かの空電音が鳴り出した。そして身を乗り出し、小声で囁くように言った。

「公安だの何だの、どこに盗聴器があるか知れないから、小声で聞くわね……。張高遠博士、貴方が何者かを知っている。S機関の天才研究者だということも。そのS機関のSは、本当は深圳のSだが、表向きは上海のSになっていることも。それで、単刀直入に言います。CIAは、貴方が望むなら、プリンストン、ハーバード、MIT、UCLA、どこでも好きな所に研究環境を用意すると言っています。亡命の意志はありますか？」

「ああ！　でも僕が行きたいのはアメリカじゃない」

　博士は、大きくかぶりを振った。

「知っています。京大でしょう？　あるいは、貴方が尊敬する研究者がいる神戸。望むなら、政府に掛け合うわよ？」

「参ったなぁ。突然、そんな話を振られるなんて思っても見なかった。考える時間はどのくらいあります？」

「そうね。たぶん、成田に着くまででしょう。空港で、貴方たちはロシア大使館職員の庇護下に入る。搭乗ゲートを出たら、もう脱出は無理」

「一人でラフトに乗るんだった。そしたら、僕を救出した後で、行方不明ということに出来た」

「そうすべきだったわね」

「亡命はしないつもりだった。親に育ててもらった恩がある。僕が政治亡命したら、親は、見せしめとして収容所行きだ」

「ええ。間違い無くそうなります。天才数学者の親として得ていた特権の全ても奪われる」

「僕はどうしたら良いんですか？」

張は、途方に暮れた顔で言った。

「ここだけの話よ……」

司馬はさらに顔を近づけた。気品のある香水の匂いが張の鼻腔を刺激した。

「日本人である私は、本来なら、貴方自身の今後の人生だけ考えて男らしく決断せよ！　と迫るべきでしょう。でも本音を言わせてもらえば、貴方が亡命する必要があるとは思えない。それが最先端の軍事研究でもない限り、貴方は、世界の天才研究者たちが発表する論文の全てに、中国国内からアクセスできる。貴方が尊敬する京大の先生の研究論文や、ＳＮＳだって、貴方は好きにアクセスできる。メールだって出そうと思えば出せるでしょう。昨今は、日本も厳しくなって、中国人研究者との接触は上に報告せよ、となっているらしいけれど。

中国政府が許すなら、貴方は、学会で日本に来ることも出来るし、その先生と親交を結ぶことも出来るでしょう」

「そんなのは無理だ！　この分野は、軍事科学の最先端をこれから担うことになる。それに気付いていないのは日本だけですよ？」

「そんなことは問題じゃ無い。貴方は、事実として命を懸けて祖国と党に尽くして結果を出した。ただのオタクな天才数学者から、祖国の科学界をリードするやり手の研究者へと脱皮することになる。日本が受け入れるというなら、好きな時にいつでも出かける権利があると主張すれば良いことよ」

「しばらく考えさせて下さい。せめて成田に着くまでの機内で。なぜこんなに親切なのですか？　僕が明日、帰国したら、僕の最新の計算式を搭載した哨戒機が明後日にはもう出てくることになる」

「それはねぇ、つまり、自衛隊は、そんなの恐れていないのよ。そちらが最新鋭だと思っている武器は、われわれにとって脅威でも何でもないことを認識させるために、わざと寛大な態度を取るんです。こちらの余裕を伝えたいのね。実際に余裕があるかどうかは知らないけれど」

「そういうものなんですか……。話題を変えましょう。鍾少佐ってどうですか？」

「どうって？……。ああ！　そういう意味ね」

司馬は、軽く笑って上体を反らした。

「美人だし、頭も切れるし、責任感もあって、良い女じゃないの！　でも、貴方とは一〇歳は歳が離れているんでしょう？　これぱかりは、どんな化粧品を使おうが、量子力学を使おうが縮まらないわよ」

「いえ。量子力学的には、その差は、縮まるんです。僕がこの地上に留まっている間、彼女が宇宙を高速移動し続ければいいわけで――」

「あ、そうなの……」

司馬はさらにハッハッと上品な笑みを漏らした。

「いえ、彼女、貴方のことをとても心配していたわよ。軍人でも無いのに、戦争に巻き込んだことを。アタックする価値はあると思うわ。何なら、ここに個室を用意するわよ？」

「ええ。頑張ります。中国の全体主義や冷戦構造は、もっと酷くなると思いますか？」

「覇権を巡る米中の戦いはもう終わったわ。それは決着がついた。アメリカがそれを受け入れられないだけ。でも、上に政策あれば、下に対策ありが中国じゃない。そんなに悲観することはないわよ。まだしばらく時間はある。ゆっくり考えなさい。でも、亡命の件は、少佐には黙っていた方が良いわね。日本政府は、最終的に、貴方の存在を認知していたことを中国側にリークすることになるわ。知っていながら帰したことを伝える」

「何のため？」

「この後の平和のためよ。今、殺し合いをしていても、戦争が終わったら、われわれは可能な限り急いで、両国関係を立て直す必要がある。だから、友好のシグナルは常に発し続けます。それが外交という戦争です」

「ますます、わけがわからないや。僕は数学の世界に閉じこもるとしますよ。こっちは間違い無く正解が出る世界だ」

「それが良いわね」

戦闘機パイロットの捕虜は、気の毒だった。両手首をハンドカフの結束バンドで縛られ、両足首にも紐。そして腰は全員ロープで繋がれている。ムカデのような格好で、エプロンを歩かされ、ATR‐72の機内に乗り込んだ。

台湾側は、日本政府に気を遣って、機内の武装兵を機外に出さなかったが、機内では、それなりの数の武装兵が待機していた。

司馬は、リゾートホテルを後にして空港へと戻った。陸上自衛隊のLR‐2連絡偵察機が一機、エプロンに止まり、搭乗ハッチの下で、見知った顔がキャリーバッグを持って待っていた。

甘利《あまり》宏《ひろし》一曹は、キャリーバッグと搭乗ハッチ、両方に視線をくれながら、「どっちにしますか？」と問うた。

「帰りたいのは山々だけど、台北に直帰するという約束で飛行機に乗りました。制服だけ貰っていくわ」

「制服と、万一のために戦闘服とブーツも用意しました。ただし、バヨネットの類いはありません。必要なら、現地調達して下さい。必要になると思いますか？」

「ならないと考えるのは難しいわね。みんな元気にしてる？」

「水機団は間もなく出撃します。島のみんなは無事。原田《はらだ》一尉は、すでに客船を下りました。しばらく隔離生活のはずですが。島から解放軍を追い出したら、それで停戦というわけにはいかないですか？」

「北京を意固地にするだけよねぇ。われわれには、他に選択肢がないから追い出すしかないとは言え。水機団が出撃したら、あの人たちは引き揚げでしょう？」

「はい。そのはずです。自分らの沖縄本島での待機もそれで解除。いったん習志野へ戻れるはずです」

「そう。じゃあ、皆さんによろしくお伝え下さい」

「了解しました。お気を付けて——」

司馬は、そのグッチ柄のキャリーバッグを受け取ると、ATR‐72のタラップを昇った。

七〇人乗りの機内には、前方後方、中程にも武装兵が立っていた。パイロットらは、座席を前後一つずつ空けて座らされている。兵士らもパイロットも、感染防御でマスクをしている。パイロットがMERSに感染している可能性はゼロではなかった。

司馬も、キャビンに入った所で、王文雄《ワンウェンション》からマスクを受け取った。まだ若いが、正式な肩書きは、政党の対外宣伝部次長。京大卒で台日親善協会の仕事も掛け持ちしているが、本業は情報活動だ。そして二人の会話は、もっぱら日本語だった。

「彼、どうでした？」と司馬のキャリーバッグを上の棚に仕舞いながら王が尋ねた。

「そうね。男って、自分の生き死にが懸かっている時ですら、下半身で物事を考えるのよね。惚れた女がいるから、考えさせて欲しいそうよ。でも、そもそも今のアメリカって、中国にとって親や国を捨ててまで押しかけるほど魅力的かしらね」

「どうでしょうね。ハリウッド資本がチャイナ・マネーに侵食され、スポーツ界もネット視聴という市場で首根っこを押さえられ、いざ苦労して辿り着いてみれば、まだ自由な空気が吸える香港みたいな感じですからね。香港で、民主主義も自由も、それが失われても、さして生活に関係ないことが暴露されてしまった今、アメリカという存在そのものに価値を見出せるかどうか難しいでしょうね」

王が、機長に離陸を指示する。

「安全のためにいったん南へと飛び、海岸線伝いに台北へと向かいます。上がったらもう台湾領空なので、すぐ戦闘機がエスコートに飛んで来ます。すみません。ご無理をお願いして」

「どうせ私は人質ですから……」

ATR-72が離陸する前に、陸自のLR-2が離陸していった。尖閣は目と鼻の先なのに、その戦闘に参加できないのが司馬は腹立たしかった。誰かを斬り殺して思う存分、発散したい気分だった。


その尖閣諸島、魚釣島に上陸した人民解放軍は、攻勢を仕掛ける度に戦力を減らしていた。

部隊を率いて来た第164海軍陸戦兵旅団の姚彦《ヤオイエン》少将は、海岸の岩礁地帯に乗り上げた25メートル型哨戒艇の船内へと入った。

ポンプが稼働して、浸水した水をかい出している。エンジンが無事なことが奇跡だと思った。

　この哨戒艇は、もともと彼らが上陸時に、無人ボート化して囮《おとり》として島に突っ込ませたものだった。炎上もせず、エンジンが回り続けていたところを、たまたま付近に泳ぎ着いた者が乗船して、ひとまずエンジンを止めて碇《いかり》を投げたらしいことはわかっていたが、具体的に誰がそうしたのかまではわからなかった。恐らくは、その本人はすでに戦死したのだろう。

　浸水箇所を確認し、その補修も見た。この島を離れるまで持てば良い。脱出用のラフトも無事だ。それに乗り移って漂流するだけの体力が残っているかどうかはわからないが、ここで放置され、死ぬよりはましだ。

　岩礁の上には、戦場で急造した担架の上に、負傷兵が寝かせられている。二〇名ほどいた。敵は、ドローンでこの様子を見下ろしているだろうから、非人道的な行為には及ぶまいという目論見だった。

　斜めに傾いたままのブリッジに立つと、船の指揮を預ける少尉に、旅団参謀長の万仰東《ワンヤントン》大佐が細々と指示を出していた。その少尉自身は、右腕の肘から先が無かった。

「味方の艦隊まで辿り着けば良いんだ。二〇〇キロも進むわけじゃない。ほんの一〇〇キロも北へ走れば、味方艦隊と合流できる。そう信じろ。実際には、もっと遠いかも知れんがな……。そして、味方艦隊から攻撃を受ける可能性もあるが、そこは運を天に任せるしかないな。この脱出は、残念ながら完璧ではない。いよいよ駄目だとなったら、迷わず艇を捨てて脱出しろ。この時化は、収まりつつある。助かることを信じろ」

　姚も、少尉を抱きしめて激励した。熱が出て辛そうだった。感染症を起こしていたが、もうまともな治療薬は無かった。

「少尉、君たちが助かったという朗報が、われわれに希望を与えてくれる。なんとしても味方艦隊に合流してくれ。ここで起こったことは、何ひとつ隠す必要は無い。正直に報告して構わない。もっとも、その後退院したら、どこに飛ばされるかわからんがな」

「はい、提督。全力を尽くします」

「では、負傷兵収容の指揮を執りたまえ」

少尉が出て行くと、作戦参謀の雷炎《レイイエン》大佐が上がって来た。

「早く降りて下さい！　こんな所に留まっていたら、ミサイルが飛んで来ますよ」

「大丈夫だ。日本はそんなことはせんよ」

「お忘れなく。ここには台湾軍もいて、彼らは日本ほど人道的じゃない」

「そうだな……。上から何か言って来たか？」

「いえ。一切の督戦もありません。艦隊が潰滅してから、われわれは忘れ去られたかのようです。その方が都合が良いが……」

「潰滅したわけじゃないだろう。こっちは食料も無いんだぞ。われわれは、上陸翌日には、島は解放軍の勢力圏下に入る予定で出撃して来たんだ。山羊もあらかた食い尽くしただろう。まさか、日本側に向かって、そっちをうろちょろしている山羊をこちら側に追い立ててくれとも言えん」

「そりゃいい。その程度の提案はする価値がある」

「君ならやりかねんから、うっかり冗談も言えんな」

「しかし、負傷兵が艦隊と合流できれば、こちらの状況がはっきりと伝わるでしょう」

と万大佐が口を挟んだ。

「参謀長殿は、まだそんなことを信じているのですか？　われわれがこの作戦を艦隊に伝えても、返事は一切なかった。艦隊司令部の腹はひとつです。沖合に、この見すぼらしいボートが現れたら、台湾海軍の哨戒艇だと誤認して、砲撃を命じるんですよ。他に手はない。解放軍は、そういうことを顔色一つ変えずにやってのける軍隊です」

「私は、艦隊司令官殿の人格を信じるよ。負傷兵をわざと見殺しにしたとあっては士気に関わる。そういう噂は必ず拡がるものだ」

「自分が艦隊参謀なら、こんなこと、いちいち司令官に報告はしません。自分の責任で攻撃し、事後報告するまでです。貴方の名誉を守るためだったと言えば譴責はできない」

「ひねた奴だ、まったく!――」

「こういうのも何だが……」

　と姚提督が口を挟んだ。

「君ら二人のやりとりは、漫談だねぇ。みんなの前でやれば受けるよきっと。それで士気が上がるかどうかはわからんが。今日が半日安息日になるなら、それもよしとしよう」

「上は、敵の動静すら伝えて来ないんですよ。われわれはもっぱら台湾のラジオ放送でしか情報を得られていない。あれは、われわれが聞いていることを知っていての中身ですからね。謀略放送に近いが、どこまでが真実で、どこからが偽情報なのかも判断できない」

「督戦してこないということは、誰もわれわれの戦果に期待していないということだろう。何か妙案が浮かんだら、言ってくるさ。三日後でも一週間後でも。せめて補給があれば、バンバンザイだがな……」

「そうですな。問題は弾だ」

　と参謀長は肩を落とした。食料不足はまだ気力でカバーできるが、弾不足だけはどうしようも無かった。

　下士官らが、負傷兵を励ましつつ船上へと運び上げる。船室は狭苦しいしラッタルの上り降りもあるので、全員、露天甲板に寝かせるしかない。水しぶきを浴びるが、しばらくの我慢だと励ました。

雷炎は、指揮所へ引き揚げる途中、修復中の侵攻ルートを通りかかった。海側のルートが台湾軍のロケット弾攻撃で破壊されたので、今は山側の、かなり急角度な斜面を切り拓いて、ドローンから見えないルートを構築していた。こんな作業でも、気晴らしにはなる。

〝蛟竜突撃隊〟を率いる宋勤《ソンチン》中佐が作業を指揮していた。空が見える辺りは、他所から枝を持ってきて屋根を作るのだ。ひたすら地味で、根気の要る作業だ。まるで農作業のようだと雷は思った。

「今夜中には、なんとか形になりますよ。上から覗かれずに、前線と後方を往来できる」

「ヘッドランプのバッテリーとか大丈夫かな」

「最近のＬＥＤは驚異的だ。バッテリーがへたってもそこそこ照らしてくれるから、そっちは問題無い。問題は、弾と食い物と、士気かな」

「宋さんさ、カタツムリを食べたことある？」

雷は唐突に聞いた。

「また急に。あのフランス料理のカタツムリなら、食べたいと思ったことはないなぁ。ゲテモノ食いではわれわれと競える日本人も、あまりあれは食べないと聞きますが……」

「それが、先の大戦では、太平洋のあちこちで、日本兵は取り残された。住民もです。他に喰うものがなくなり、カタツムリを食べた。しかも、栄養失調で無くなった戦友の亡骸に集《たか》らせて、そのカタツムリを肥えさせた。ところが、カタツムリは寄生虫の宝庫で、それでまたバタバタ死んでいった」

「生で食べたんですか？」

「それが、何しろジャングルに逃げ込んでだから、まともに煮沸もせずに、煮えたことにして食べるんですよ。兵に警告しないと、陸上の巻き貝は決して喰うなと。山羊にしたところで、寄生虫だらけですよ。ちゃんと火を通して食べているのか、誰かがきちんと監視しないと。

日本軍の戦闘記録を読んでいて、いつも思っていた。彼らはここまで追い詰められて、どうして降伏もしなかったんだろうと。彼らは最初、こう思うんだ。援軍は必ず来る！　いつか必ず援軍が来るから、それまで頑張れと。やがて、援軍なんて来ない、自分たちは見捨てられたと気付く。そこでもなお闘志をなくさない。自分たちがこうしてここに留まっていることで、敵をここに引き留めている。それだけ意味のある任務に従事しているとね。でも、引き留めている米軍は、飛び石作戦で、次々とそこを無視して前進していく。南方で死んだ日本兵の七割八割は餓死ですよ」

「ここは大陸と目と鼻の先だ。そんなことにはなりませんよ、大佐。自分は楽観してます。部隊の三分の二を失っても、自分はまだ楽観していると いうのに、作戦参謀がそれでは困りますね。スコップでも持って汗を掻いたらどうです？　自分はそうしてますよ」

「潮干狩りの方がましだな。海岸に出て、腰まで水に浸かって、サザエでも探した方が……。いや、軍靴を濡らすから駄目だな。この辺り、靴無しじゃ、海へも入れないし。塹壕足もご免だ」

「そういえば昨日、負傷兵を回収した時に、台湾軍から医薬品をいろいろ貰ったのですが、塹壕足用の抗生物質の軟膏も貰いました。女性の士官と話したんです、自衛隊のね。今、北京語を勉強中だという。特殊作戦群の隊員だと思ったが、水機団じゃなかったな。暗くてはっきりとは見えなかったが、装備も戦闘服も、自分らが知っている水機団のそれとは違った」

「そもそも日本は、戦闘任務に女性を就かせていない。幽霊でも見たんじゃないの？」

「いいえ。あれは確かに戦闘服で、しかも女性だった。昔、聞いたことがある。女性が指揮官を務める特殊部隊が日本にあると。でも変なんだな。それは自分が陸戦隊に入った頃だから、まだその人物が部隊を指揮しているとしたら、それなりの年齢ということになる。すると、代替わりして別の女性士官が率いているということなのか……」

　突然、頭上からブーン！　という羽音が響いて来て、皆の動きが止まった。警告の笛が鳴り、全員が動きを止める。敵の偵察用ドローンが頭上を通過したのだ。

　上から見えないとはいえ、この辺りにまたルートを啓開しているだろうことは敵も察しが付いていることだった。

「しかし、われわれ、まるで土木部隊みたいだね？」

「全くだ。でも士気は高いですよ。この作業をやっている間は、撃ち合いせずに済みますからね」

「そういう効能はあるね。それは否定できない。指揮所で退屈しそうにしている奴がいたら、山でも掘り繰り返してこいと命ずるよ」

　地面は固そうだった。痩せた土地だ。表土と呼べるものはほとんどない。そういう厳しい地面でも根を張り、成長できる樹木だけがここで勢力を広げたのだった。自分たちもそうありたいが……、と雷炎はため息を漏らした。

第三章　飯倉公館

解放軍部隊が陣取ったのは、魚釣島の東端。自衛隊はその反対側の西端に陣取っていた。島は、東西の差し渡しがほんの四キロもない。にもかかわらず、両軍がそれぞれ島の両端に陣取って平和な時を過ごせるのは、その東西に、標高三五〇メートルを超える山脈が横たわっていたからだ。

正確に言えば、東西は、その山脈伝いに移動しなければならない。山脈の南側斜面、つまり琉球列島側は、どこも切り立った崖で、進軍には全く不向き。身を隠せる場所もない。島の北側、中国大陸側は、ややなだらかな地形だったが、それでも、戦車が走り回れるような地形では無かった。

この過酷な地形が、真水が手に入るにもかかわらず、人の定住を許さなかった理由でもあり、そしてそれこそが、領土問題化した遠因でもあった。

島に最初に潜入したのは、台湾軍だった。台湾軍海兵隊は、ここに密かに兵士を上陸させ、サバイバル訓練を行っていた。次に上陸したのは、自衛隊OBからなる民間軍事会社の一個小隊。それは極秘の上陸で、いよいよ、解放軍がやって来そうだとなった時点で、これも表向きには存在しないことになっている陸上自衛隊の特殊部隊が上陸した。

その後、台湾軍が、増援として二機の戦闘ヘリコプターと、陸軍や海兵隊員を送り込んだ。彼らの助けがなければ、この戦場を自衛隊が守り切ることは出来なかっただろう。

いずれにせよ、自衛隊は、寡兵で戦っていた。その寡兵に対して、解放軍は常に優勢な兵力で仕掛けてきたが、その度に数を減らす始末で、本土からの援護として、数波に及ぶミサイル攻撃や艦隊による接近が試みられたが、これも海上自衛隊のイージス艦隊の必死の活躍で阻止されていた。

これまで、すでに数百発の対地ミサイルが、魚釣島西端を狙って発射されたが、島に到達できたミサイルは、まだ一発も無かった。

日本側は、こうして結果としてパーフェクト・ゲームを演じていたが、それは薄氷を踏むような戦いであり、民間軍事会社の指揮官は戦死し、台湾側にも戦死者を出していた。

陸上自衛隊特殊作戦群隷下の特殊部隊〝サイレント・コア〟は、表向きには、第一空挺団・第四〇三本部管理中隊として存在する。部隊を率いる土門康平《どもんこうへい》陸将補が、魚釣島に上陸したのは三日前の未明だった。土門は、もう一週間かそこいらこの島で戦っているような気がしていた。

土門は、指揮所から僅かに下った、辛うじて平らな土地がある場所で、膝下くらいに盛り上がった土手状の隆起を見下ろしていた。積み上げられた石の上をツタが這い、下生えに覆われている。だが、その隆起は一部崩落していた。その崩落した石の隙間から、骨状のものが覗いていた。人間の肋骨に見えるが、まだ小さかった。

近くには、パパイアの木があり、影を提供し、実も成っていた。

「これ、喰うな、と言ったよね?」

と土門は、一個小隊を率いる姜彩夏《かんあやか》三佐に問うた。

「うちの部隊じゃありません。これはいざ漂着者が現れた時のための非常食料として、慰霊の意味も込めて戦後植えられたものだから、手を出すなと命じてあります。そもそも、食料は十分足りてますから」

「じゃあ、台湾兵か……。ここにパパイアが自生している経緯は知らんだろうからな。あとで、それとなく言っておくよ。だが、腰を下ろして墓を壊したのは誰なんだ？」

「はい……、ヤンバルが、上に登る前に、みんなに警告してくれたのですが。ベンチ代わりになりそうな土塁があちこちにあるが、それは全部墓だから、触るな近寄るなと」

「そうだ。台湾疎開石垣町民遭難事件の犠牲者の墓だ。何しろ、墓を掘ろうにも地面は岩根だからな。仕方無く、石ころを積み上げて墓代わりにした」

「遺骨の回収作業は無かったのですか？」

「それが本格化したのは、本土復帰以降だし、ここしばらく尖閣問題で上陸すら許されなくなったから、遺骨の収集はやってないんじゃないか？　現地慰霊祭すら、一回あったかどうかだ。ヤンバルが知らないなら、そういうことだろう」

「お墓の全長からして、ここに埋葬されたのは子供ですね……」

「ああ。気の毒にな。沖縄戦の終結も知らずに疎開を試み、遭難の事実が軍に伝わったのは、日本が降伏したまさにその日だった。地雷原を示す髑《どく》髏《ろ》の旗でも立てておくか」

　指揮所から呼び戻された二人は、きつい斜面を登って指揮所に戻った。日に三〇回はここを登り降りするような気がする。今ではすっかり道が出来てしまった。ドローンに対して偽装するため、あれこれ試していたが、限界はあった。

「報告！──」

と土門はモニター前で命じた。

「例の小型艇が錨を上げました。スキャン・イーグルが高高度から撮っています」

ガルこと待田晴郎《まちだはるお》一曹が、モニターの一つに視線を上げた。モノクロの赤外線カメラの下で、岩礁に乗り上げていた小型艇がゆっくりと舳先を海側へと向けようとしていた。狭いデッキの上には、多くの負傷兵が横になっている。明らかに、両手足が無いと観察できる兵士もいた。

「ここから攻撃する手段はあるか？」

「例の誘導迫撃弾を撃つ手はありますが、移動を開始した後では、直撃は難しいでしょう」

「まあ、攻撃するわけにはいかんだろうしなぁ。ただあれ、無事に艦隊と合流できるのか？ 友軍から撃沈されそうな気もするが。一応、上に通信を送っておけ。負傷兵を乗せた非武装船が脱出する。間違って攻撃しないよう」

「了解です。それと、下地島にいた訓練小隊の甘利一曹からメッセージが届いています。司馬さんの制服一式を持参して下地島に飛んだが、ご本人は、台北へとんぼ返りしたそうです。そういう条件で来たからと」

「あの人も物好きだねぇ。しかし、中国が仮想敵国になってからだいぶ日が経つのに、捕虜の尋問が出来るレベルの北京語遣いが養成されていないというのはどういうことなんだ？ こんなんで戦争なんか出来ないぞ」

「北京語は難しいし、今時の中国人は、日本人よりまともな英語を喋るから、必要性は低いんじゃないですか？」

と姜三佐が言った。

「そうか。では今度捕虜を取ったら、小隊長殿に尋問してもらうからな。何言っているかわからないからと、私を呼び出すんじゃないぞ」

「その場合は、最善を尽くします」

姜三佐は、余計なことを言ったと表情を曇らせた。

「水機団からは何か言ってきたか?」

「いえ。まだ何も。ランディング・ゾーンのクリーニングに関しての要請もないので、明るい内は無いんじゃないですかね」

「荷物をそろそろ林の中に移動させろ。軽装甲機動車もさ、あれ移動させないと拙いよな」

「はい。民間軍事会社に要請してあります。手が空いたら、あれを退《ど》かしてランディング・ゾーンを確保してくれと」

「それはじゃあ、ゾーンの確保含めて、OBの諸君にやってもらおう。前線の動きもなしか?」

「全く動きはありません。昨夜の犠牲で、彼らも懲りたんでしょう。よほど奇抜な戦術なり、移動手段でも無ければ、撤退するしかない」

「降伏は求めないから、黙って撤退してくれりゃ良いんだよな。小さな貨物船一隻あれば済む。エア・クッション艇一隻に乗り切る分しかもう兵隊は残ってないだろうに。しばらく敵襲がないようなら、みんな交替で寝るように言え」

「了解です。あと、水機団に持ってきてもらう補給品リストに目を通しておいて下さい」

「なあ、水機団本隊が来るなら、俺たちは、入れ替わりに引き揚げて良いんだよな?」

「俺に聞かないで下さい。そういうことは、陸将補殿の一存でどうとでもなるんじゃないですか? まあ、いろいろブリーフィングや案内もあるだろうから、入れ替わりに引き揚げるってわけにはいきませんよね。ただ、せめて明日の昼頃には抜けたいですが……。これはわれわれの任務じゃないでしょう」

「わかった。ちょっと考えさせてくれ。小隊長殿は補給品リストを確認して決済するように。私はしばらく、どこぞのハンモックで寝させてもらうよ」

「台湾軍兵士が寝てたら、地面に寝て下さいね」

「ああ。世間話が弾むさ。語学は身を助けるんだぞ？　小隊長殿」

「はい、肝に銘じておきます」と姜三佐が返した。

土門が去って行くと、姜はチッと舌打ちした。

「年寄りは、しつこいから……」と待田が慰めた。

「私や原田さんの北京語って、そんなに上達が遅いかしら？」

「司馬さんのは別格であるにせよ、隊長が若かった頃は、ロシア語もマスターしなきゃならない時代でしたからね」

「でもガルもリベットもチェストですら完璧な北京語をマスターしているじゃないの？」

「そりゃだって、教官は、司馬さんですよ？　出来ませんで済まない鬼教官が相手ですから。あの頃、木更津に、大陸からの残留孤児のおばさんが暮らしているという噂を誰かが聞きつけてきて、バイト代をみんなで払って勉強させてもらったんです。表向きには、飲みに行くだのソープに行くだのという理由でバラバラに正門を出て現地集合。ところが、そのおばさん、訛りが酷くて、あっという間に司馬さんにばれちゃいましてね。まあ、あんたたちの必死さはわかったから、次からは手加減するわよと……。もちろん、翌日には、あの人、そんなこと忘れてましたけどね。

ただ、今の幹部は、覚えなきゃならないことが多すぎる。パソコンにネットワーク戦のスキルにと。語学ばかりに勉強の時間を割けないでしょう。その分は、下士官がフォローできるんですから、無理をする必要はありませんよ。一〇年後、隊長レベルのスキルになっていれば良いんです」

　小型艇が、沖合へとどんどん遠ざかっていく。岩場の上から、大きく手を振って見送る集団をカメラが捉えていた。

　どんなに精強無比な部隊であろうとも、こんな状況からは一時間でも早く逃げ出したいだろうに、気の毒な若者たちだと姜は思った。


　原田拓海《はらだたくみ》一尉は、市ヶ谷駐屯地にヘリで降ろされると、非常階段を使って地上まで降りた。誰とも接触しなかった。そこで迎えのハイエースに乗り込んだ。キャビンがカーテンで目隠しされたハイエースは、外見は、ありふれた白い便利車両に過ぎなかったが、キャビンが運転席と完全に隔離されたバイオセーフティ車両だった。前席と後部キャビンには全く空気の循環は無い。ＣＯＶＩＤ－19の騒動時に導入された特殊車両だった。

　だが、外務省に出向くと、外務省ビルの外で、抗原検査とＰＣＲ検査を受けさせられた。そこで一時間待たされた後、さらに、麻布の飯倉公館へと向かうよう指示され、そこでもまた一時間待たされた。

　結局、施設には入れてもらえず、飯倉公館の外壁の横を歩いて、中庭に出るよう命じられた。池を見渡せる木立というか小さな森の中にベンチが置いてあり、そこでまた三〇分待たされた。

　やがて、長身痩軀な男が「すまんね！　待たせて」と呼びかけながら現れた。だが相手は、その森の中で、一〇メートルほど手前で立ち止まった。

「ええと、君の方が風下なんだよな？」

「はい。二度確認しましたが……」

　原田は敬礼した後、地面の砂を掬って落として見せた。砂粒が風に煽られ、池の上で消えた。

「安心した。だが、お互いマスクしているとは言え、失礼で済まないが、距離を取った上で、背中合わせの会話ということで良いかな」

「もちろんです」と応じた。そして、小脇に抱えていたファイルケースから、一枚のペーパーを取り出し、ベンチの上に置いた。二重のビニール袋に入っていた。そして、ベンチからさらに風下側へと離れて、相手に背中を見せた。

「紙は、入念に紫外線殺菌した上で、ビニール袋に入れ、それもアルコール消毒し、二重にしました。安全です」

「気を遣ってくれて済まんね、君の抗原検査の結果が出るまで待たせてもらった。私は、外務審議官の片倉宗一郎《かたくらそういちろう》だ。九条君が、自分の属長宛で無く、私を指名したと聞いてちょっと驚いたのだが……」

片倉は、ベンチに腰を下ろし、ビニールに入ったままの手書きのメモを読んだ。

「普通、こういうことは外務省でも許されないのだが、九条君は、その名前が示す通りの華麗な家系で、将来の事務次官候補だ。親父も知っている。研修時代に付き合っただけだが、出来る奴だよ。彼が客船に乗っていたのは幸いだった。感染力はそんなにたいしたことはない?」

「何とも言えません。真っ先に感染して発症、亡くなった佐伯海将の部屋に外務省のスタッフも頻繁に出入りしていましたが、まだ感染者は出ていません」

「で、君は抗体を持っていると……。あやふやな知識で申し訳無いのだが、抗体でも、ワクチンで得た抗体と、感染で得た抗体は区別が出来ると聞いた記憶があるが?」

「はい。研究者が見れば区別できるそうです。船内にいる二人の感染症学の専門家がワクチンによる抗体だと仰ったので、自分はそれを信じております。ただ、MERS自体が珍しい。感染抗体は、事実上、船内の患者しか持っていません。したがってそれと比較することになります。正確な結果が出るにはもうしばらく時間が掛かるでしょう」

「君はもう絶対にウイルスを持っていない？」

「専門家の説明ではそういうことです。自分としても半信半疑な所はありますが、専門家が抗原検査とPCR検査を繰り返して、その可能性はなく、かつ強い抗体を持っているとなれば、ウイルスの生産は絶対にないと」

「あのほら、コロナの時にあった、ブレーク・スルー感染ってやつか。ワクチンを二度打って、本人も全く感染している自覚がないのに、せっせとウイルスを排出しているという可能性も無いんだね？」

「それは、自覚がなくとも、検査では必ず引っかかりますから」

「なるほど……。さてこれは大事だぞ。このことを知っている者は？」

「九条さんと、船内にいる医師三名。もちろん陸上で検査した検査技師も知っていることですが、彼らは、恐らく船上で素早く快復して抗体を持った患者だと理解したはずです。あと、船内の防衛医官から詳しく調べるよう要請を受けた防衛医大、もしくは化学戦学校の専門家が何人かいるでしょうが」

「名簿が必要だぞ。この件が絶対に外に漏れないようにしなきゃならん」

「中国側は、すでにその可能性を疑っています。それで、今も船内で血眼になって証拠を探している」

「ああ。警察庁からもそういう情報を得ている。シンガポールにあるICPOのテロ対策チームがこのテロを暴いたのだが、そこには警察庁からの派遣もいて、ただしトップはやり手の中国人官僚。今必死にその証拠を探しているそうだ。アメリカこそが陰謀の核である証拠をね。この情報は、しばらくは警察庁には渡せないな。だが解せないな……。そのウイルスは、ただのMERSウイルスではなく、そのウイグル人科学者が改造した変異ウイルスなんだろう？　アメリカはその変異ウイルスにも対応したワクチンを開発していたということなのか？」

「これもCOVID‐19の時と似たようなもので、あの時も、あとから出て来た変異株に対しても、初期のワクチンはそれなりに有効でした。そういうことだろうと理解しています」

「わからんなぁ。どうしてアメリカはワクチンがあることを隠しているんだ？　北京に対して取引材料に出来るだろう。ワクチンが欲しければ、台湾攻略なんて野望は捨ててさっさと兵を退けと言えるのに」

「自分は、ただの衛生隊員です。それこそ、それは外務省のご専門事項かと……」

「いやいや、原田君。調べさせてもらったぞ。君は海上自衛隊生徒隊の出身。それも最優秀生徒だった。だがなぜか放校処分に近い形で卒業し、一般大へ。空自に幹部士官として入り――、普通は、そういう人間はそもそも入隊できないよね？　でも誰かが口利きしてくれた。そして、あの土門隊長の目に止まり、今度は陸自へスカウト。君は陸海空の三自衛隊を渡り歩き、三部隊の隠語《スラング》やしきたりに通じている。そんな人材は外務省にもいないぞ。君はただ者じゃない」

「自分は単なるメッセンジャーです。情報をどう判断し、どう扱うかは関知しません」

「君は、これから本隊と合流するのかね？　本当に感染はしてないのか？」

「われわれは平素から、NBC兵器の訓練を受けております。船内では、しかるべき防護措置の上で、活動していました。自分が感染していないことに関しては自信があります」

「そうか。コロナの時も、最初はみんな怯えたものだったがな。ワクチンが一通り行き渡った途端、その緊張の糸が切れた。国内への侵入阻止が最優先だが、今回は、客船からの上陸は何としても食い止めなきゃならん。話としては以上かな……。お疲れのところを、延々時間を取らせて済まなかった。土門さんによろしく伝えてくれ。それと、船上の、例のお人は、回復したのかね？」

「例の？……。ああ。すでに危機は脱しました。乗り込んだ医療団は、COVID‐19で効果があった抗体カクテル療法が、MERSに対しても効果的だと判断しており、そのデータは、外務省を経由して中国にも渡っているはずです。ただ、COVID‐19と比較して、感染から発症、そして劇症化するまでの時間が短いタイプがある。中国側では、遅延タイプと速攻タイプ、二種類のウイルスが同時に拡散していると見ているようです。感染者が増えてくると、診断と治療が追いつかなくなる恐れがあるとのことです」

「まあ、あの国のことだから、ロックダウンもぬかりなくやり抜くだろうし、感染爆発はどこかで止まるだろう。問題はむしろ、中国から外へ出た後だな。いったん広まったら、世界の犠牲者は、コロナどころではなくなる。ワクチンの量産は間に合わず、間に合った所で先進国が独占するだろうし。ああそれと、司馬さんにもお礼を言ってくれ。難儀な仕事を押しつける羽目になって申し訳無いと。でもあの人、いざ台湾に敵が上陸してきても、救出とか必要無いよね。たぶん、ゲリラを率いて牛刀振り回して戦うことになる」

「はい。あの人の殺戮による犠牲者を減らすためにも、解放軍が台湾に上陸する前に、引き揚げさせるべきです」

「考えとくよ。いざという時は、彼女がボディガードになってくれるから安心して指示に従えと、台北の連中には伝えてある。では、ご苦労だった！　私はこれから、中国人捕虜を見送りに成田に行かなきゃならん。それと、名簿を忘れるんじゃないぞ。君の名前で提出してくれ」

片倉が去って行くと、原田はようやく振り返って、その後ろ姿を見送った。サイレント・コアの主要幹部の名前を把握している貴方こそ、いったい何者ですか？……、と問いたい気分だった。

飯倉公館の外に出ると、習志野からやってきたステーション・ワゴンが二台止まっていた。「自分で運転して下さい」と、眠気覚ましのガムと缶コーヒーを指さされ、運転手はそそくさと後ろの車に乗り込んだ。

そりゃ、そうだよな、と原田は思った。コロナ禍を経験した後では、抗体がある、今感染の兆候はない、という話は、何の安全も保障できないだろう。


中国海軍東海艦隊は、魚釣島から北西二〇〇キロ近くの大陸沿岸部に引きこもっていた。日を追うごとに、艦隊は尖閣諸島から遠のいている。

上陸部隊を送り出した時は、ほんの一瞬とは言え、魚釣島まで五〇キロまで接近したが、それが最後だった。一戦交える度に奥へ奥へと後退し、反撃せねばと前進する度に痛い目に遭う。昨夜は、一瞬で三隻もの戦闘艦を失った。

最後に台湾軍によって撃沈された一隻は、新鋭の中華神盾艦だった。それだけに艦隊の衝撃は大きかった。艦隊防空の網が、いともあっさりと破られたのだ。

実際にそれを破ったのは、台湾ではなく日本だ。台湾軍は、ただトドメを刺しに現れただけ。そして、その直前に撃沈された二隻は、いずれも潜水艦からの攻撃で沈められた。

恐れていたことが起こった。自分たちの行動にとって、最大の脅威は、ミサイルでもイージス艦でもなく、日本の潜水艦になるだろうと想定されていた。それに備えて、最新のＬｉＤＡＲ装置搭載の哨戒機も用意したが、その発見は、攻撃を受けた後のことだった。しかも、その哨戒機は前に出すぎて撃墜された。

良いニュースは何も無かった。相手潜水艦は、傷ついたものの撃沈は叶わなかったし、その後、中日双方で合意した、戦場での捜索活動の最中、馬鹿な味方潜水艦が日本側巡視船を撃沈して、恥の上塗りとなった。

味方の哨戒機が、その25メートル型哨戒艇を発見してからすでに三〇分が経過していた。真っ直ぐ艦隊へと向かって来る。無人機を上げて観察すると、狭い露天甲板に、びっしりと負傷兵が寝かされているのが見えた。

波が荒く、小型艇は、しばしば波頭に乗り上げて舳先が持ち上がり、次の瞬間には海面へと突っ込む。その衝撃で、デッキ上の負傷兵の身体が宙に舞うのが見えた。デッキを波が洗っている酷い状況だった。きっと地獄だろう。

やがて、とうとう、その内の一人が二メートルほど宙を舞った後に、海面へと放り出された。泳ぐふうにも見えない。何かマネキンでも放り投げたように、負傷兵はただ波間に消えて行った。恐らく、もう意識の無い状態だったのだろう。

指揮艦として使っている東海艦隊旗艦075型強襲揚陸艦二番艦〝華山《ファーシャン》〟（四〇〇〇〇トン）の旗艦用司令部作戦室で、それに気付いた兵士らが、「あれ！……」と呻いた。

「なぜ速度を落とさないんだ？　無線は通じないのか？」

と東海艦隊司令官の唐東明《タンドンミン》海軍大将（上将）が声を発した。

「あれは、囮用の哨戒艇です。エンジンと誘導装置以外のものは全て取り外してあります」

と誰かが応じた。

「参謀、病院船はどこにいる？」

「艦隊より西です。撃沈された艦には、ほとんど生存者もいなかったので」

と艦隊参謀の馬慶林《マチンリン》大佐が答えた。

「病院船の足を考えると、とても間に合わないな。合流した頃は、全員投げ出された後だぞ。そもそも、そこまで哨戒艇の燃料も持たないだろう。一番近い、フリゲイトを最大戦速で向かわせてやれ」

「よろしいのですか？　撃沈では無く、救助で良いのですね？」

と馬大佐は、その場にいる全員に聞こえるような大声で念押しした。

「そうだ！　やはり間違っていた。負傷兵を見なかったことにするなんて非道なことは許されない。救出する。責任は私が負う。救出任務だ！　ただし、救助艦には、北京に悟られないよう、ヘリを飛ばして命令を送れ。兵を救出後、哨戒艇は主砲で攻撃して撃沈せよと」

釣魚島奪還部隊《ディアオユーダオ》からは、再三再四、負傷兵を哨戒艇で送り返すと無線で言って遣《よこ》したが、東海艦隊は、その要請を無視し続けた。彼らが返信をする前に、無線を傍受していた北京から、「黙殺

して撃沈せよ――。負傷兵の姿を兵に見せてはならない」という非情な命令が届いたからだった。

「北京からの介入を防ぐために、いろいろ工作しましょう。どの道、撃沈を命じた艦がすでに向かっています」

「頼む。私はちょっと、外の空気を吸ってくるよ……」

皆、安堵した表情だった。

唐提督は、艦橋構造物を出ると、ついてきた副官に「下がれ」と命じて全通甲板の飛行甲板を横切った。左舷側のキャットウォークに降りると、外側に張り出したスポンソンに立った。見張りに立っていた初年兵が、現れた人物に驚いて、畏まった敬礼をした。そのスポンソンには将来、ミサイル迎撃用のレーザー兵器が装備されることになっていた。

唐は、水平線を一瞥した後、その若い水兵相手に、出身地はどこか？　なぜ海軍に入ったのか？　と世間話した後、洋上に見える艦船に関して、あれは何という艦だ？　と説明を求めた。

そうやって時間を潰したが、緊張した水兵の顔が青ざめる寸前、ようやく馬大佐が現れて救ってくれた。

「新兵を困らせちゃ駄目ですよ、提督」

「いやあ、そういうつもりは無いんだがね。彼は、徴兵制時代に父親が海軍にいて、幼い頃から軍艦の話を聞いて育ったんだそうだ。恵まれた青年だ。私の父は、陸軍で、軍隊に関して口を開けば恨み言しか言わなかったぞ。だから私は、陸軍に入りたくなくて、徴兵される前に海軍を志願した。なあ、大佐。この艦より東側の水平線上に、ずらりと艦艇が見えるが、いったいこれはどういうことなんだろうな。艦隊行動というものは、本来、水平線上に隣の僚艦が見えてはいかんのだろう？

これではまるで、狼に怯えた羊が群れで固まり縮こまっているようにしか見えないぞ」

「各艦の距離を広げよ、とは命じているのですが、本来の艦隊行動を取らせたら、その外周はあっという間に尖閣諸島に差し掛かってしまう。それが当たり前だとは言え、そうすると、艦隊の三分の二を失うことになります。潜水艦の攻撃によって」

「ここに敵潜が一隻でも潜んでいれば、持っている魚雷の本数分の艦船が沈むことになる。つまり、艦隊は全滅する」

「日本にその意志があればとっくにやっているでしょう。昨夜の攻撃にしたところで、日本の潜水艦は、フリゲイトから先に狙った。フリゲイトが脅威だからではない。犠牲になる乗組員が少ないからです。彼らは、その気になれば、空母だけを狙って攻撃もできるでしょう」

「だが、昨夜の犠牲は痛かったぞ。私は、打ちのめされている。南海艦隊を指揮する東暁寧《トンシィアオニン》提督の悲哀が良くわかったよ。あっちでフリゲイトが撃沈された時は、なんて無様なと笑ったが、こっちは同時に三隻だからな。しかも虎の子の中華神盾艦まで殺られて、その手柄を台湾軍のプロパガンダに利用されたとあっては、犠牲者も浮かばれない……。君は、転職先を間違えたな？」

「いいえ。そんなことを思ったことは一度もありません。民間にいて顧客の無茶なクレームを聞き、消費者の気まぐれな行動に惑わされるよりは、軍隊の方が遥かにましですよ。下からの突き上げはない。党のご機嫌だけ窺っていれば済むのですから」

「その党から、死んで手柄を取ってこい！　と命じられているんだぞ？」

「彼らはそんな無茶は言いませんよ。さすがにこれで現実を思い知ったことでしょう。トン数でアメリカを上回り、空母を持ったからといって、世界最強ではないという現実をね」

「日本と台湾、二番手と三番手の相手でこのザマだ。アメリカ軍が出てきたら、われわれは一瞬で終わる。アメリカが未だに出てこないという事実は、とりもなおさず、出る必要が無い、それほどの相手ではないとわれわれを見下しているからだろう？」

「たぶんそうでしょうね。あれは、ＭＩＴで博士号の論文を書いていた頃のことでした。我が軍の楊毅《ヤンイー》少将の発言が話題になった。中国とアメリカで、太平洋を二分しようとね。彼は、ご存じのように身の程知らずじゃ無い。アメリカで駐在武官を五年間も務めたインテリだった。この話題がニュースになった頃、アメリカ海軍から研究に来ていた海軍少佐と議論したことがあります。もし極東で何か起こったら、君たちはどうするんだと尋ねた。

彼はしばらく考えた後、何もする必要はないだろうと穏やかに答えた。日本も韓国もいる。アメリカ軍が出る必要は無いとね。そして、静かに続けました。いずれ中国が空母機動部隊を運用する時代が来るだろう。一〇年、あるいは二〇年後。だが、太平洋を支配しようなんて馬鹿げたことは考えない方が良い。われわれの同盟国は、中国が考えるよりずっと強力だとね。当時、日本は、初のヘリ空母〝ひゅうが〟を進水させたばかりだった。私は、軍人ではなかったから、そういうものだろうな……、という程度に頷いただけでした。

日本は、もっと遠くに離しておくべきだった。釣魚島奪還などという目先の利益は追わず、台湾本島攻略に資源を集中すべきでしたね。なんなら、われわれの台湾攻略で日本が手出ししなければ、以降二度と領土問題は持ち出さない、くらいの飴を与えても良かった。釣魚島を占領すれば、日本は縮み上がって平伏してくるというのは、完全な読み違いだった。彼らは、たかが無人島ごときに、自衛隊が持っている全てのリソースを投入して守ろうとしている。完全に想定外の事態が起こっている」

「君は、こんな所で才能を無駄遣いするんじゃなく、北京の中枢にいるべきだったな。私も読み違えたよ。イージス艦の一隻、戦闘機の一〇機も撃墜すれば、日本は和議を申し入れてくると思っていた。だがわれわれはイージス艦一隻沈められない。数十機の戦闘機を繰り出し、信じがたい次元での返り討ちに遭っただけだ。挙げ句に、傷ついて帰ってくる同胞を見殺しにせよという非道な命令だ。こんなことは、三国演義時代以来だぞ？　八路軍は、その人道主義と軍紀の良さで民衆の支持を得たというのに、いつからわれわれはこんなに傲慢になったんだ？」

「組織は巨大で強くなれば傲慢になるものです。それは軍隊だけではなく人間社会の宿痾《しゅくあ》だ。北京から文句を言ってきたら、士気は軍紀あってこそ維持される、と堂々と言ってやりましょう」

揚陸艦が、之字運動で大きく舵を切った。艦体が傾き、風が強くなった。

「さあ、艦内に戻りましょう。勝敗はともかく、士気は、われわれに懸かっている」

提督は、水兵の肩をポンポンと叩き、「暇があったら飯を食いに来い！」と命じて、また飛行甲板を横切った。

外務審議官の片倉宗一郎は、成田空港の第1ターミナル北ウイングの外で、中国大使館の公用車が到着するのを待った。千葉県警のパトカーに前後を挟まれていた。昨今、彼らはどこでテロに遭ってても不思議はなかった。それへの警戒からか、フロントの旗竿に五星紅旗は無かった。

まず、後ろに付き従っていた警備車両から外事警察の私服が降りてきて、安全を確認してから大使館公用車の後部ドアが開いた。

中国大使館公使の李福東《レイフードン》は、険しい顔で車から降り立つと、「お待たせしたかな?」と流ちょうな日本語で片倉に話し掛けた。

「私もつい五分前に着いたばかりです」

「てっきり、チャイナ・スクールのどなたかが来るものと思っていましたが?」

「ええ。まあ彼らは忙しくて」

航空局のワゴン二台に、それぞれの部下らと乗り換え、ゲートを通ってエプロンへと出た。丁度、下地島を飛び立った民航のボーイング787が着陸してきたところだった。すでにアエロフロート機は沖止めで待機している。

「彼ら、感染はしていないんでしょうね?」

と片倉は話題を振った。

「軍隊内に感染が拡がらないよう、細心の注意を払っています。まあ大丈夫だろうとは思うが、私も、握手をしてまで歓迎したい気分じゃない。お互いマスクをして、向こうには、せいぜい敬礼程度にして口は閉じておいてほしいですね。そちらは、尋問はしたのでしょう?」

「ええ。たぶん自衛隊が型通りの尋問はしたはずです。当然、互いにマスクはしていたと思いますが。お宅も大変だ。日本に出来ることがあったら、仰って下さい。マスクや防護衣。効きそうな薬も、増産を命じてあります」

「その時はぜひにもお願いします」

787が停止し、エンジンの火が落とされると、タラップ車が近づく。中国大使館の二等書記官がそれを駆け上り、機内に入っていく。二人はそこで、航空局の車を降りた。

タラップから降りてくる兵士らは、クリーニングされたそれぞれの軍服を着用していた。飛行服だ。外務省と、中国大使館、それぞれが持っているリストと、名前と顔が一人一人照合される。

その捕虜たちは、十人もいなかったが、最後に降りて来た男女は奇妙な感じだった。固く手を握り合っている。よく見ると、手と手を握り合っているわけではなく、女性の方が一方的に、男性の左手首を握っていた。

「あの二人、恋人同士か何かですかね……」と片倉が聞いた。

「さあ、どうですかね。男の方は新兵みたいな顔付きだが。女の方は士官でしょう」

兵士たちは一人一人、中国公使に敬礼してから、ロシア機へのタラップを昇っていく。その男女は、男の方は敬礼はせず、女性士官だけが、左手で軽く敬礼した。

李福東公使は、二人が手を握っている理由を知っていた。青年が突然走り出して、亡命申請するのを防ぐために、固く手首を握っているのだ。

青年がタラップの中程まで昇ると、公使は、それとわかるよう安堵のため息を漏らした。

「ねえ、李公使。あの青年、将来、フィールズ賞とか、ノーベル賞を取るかも知れない天才数学者なんでしょう?」

公使は、外交官にあるまじき驚いた顔をした。突然の不意打ちで、しばらく言葉が出なかった。

青年が機内に消えたところで、「知っていたんですか!」と問うた。

「ええ。ああいう天才の存在は、世界の注目の的になる。軍の研究所で、どんな研究をしているのか私は門外漢だが、いかにも勿体無い話ですな。自由な研究環境を与えれば、この世界をより良くする研究成果を出すだろうに」

「自衛隊は、彼にオファーとかしたのですか？　あるいはＣＩＡと接触させたとか？」

「さあ、どうでしょう。ただ公使。一応、伝えておきますが、われわれは、彼が行方不明だということにして、その身柄をＣＩＡに渡すこともできたのです。たぶんＮＳＡ辺りで仕事することになっただろうが……」

「見逃した訳は何ですか？」

「日中友好のためですよ。それに、一人っ子の息子の還りを待つ親が気の毒だ。昨夜戦死した数百名の兵士たちは、貴方の国では、愛国烈士として称賛されるのだろうが、遺族は報われない。永遠に遺族の痛みが消えることはない。それが戦争ですよ」

「残念だが、私ごときにどうこうできる問題では無い」

「ひとつ提案です。この戦争が終わったら、彼の日本への留学を許可して下さい。軍事研究でその才能を使い果たすのは可哀想だ。彼はきっと、われわれの暮らしを変えるような大発見をしますよ。あるいは人類の知的好奇心を満たす研究をするでしょう。そして、党にも国家にも貢献し、ノーベル賞という栄誉を祖国にもたらすはずです」

「それは良いアイディアだ……。提案してみますよ。中日友好のためにも」

　ハッチが締まり、エンジンが始動するから、全員待避するよう合図が送られ、二人はまた車へと戻った。

　中国公使と片倉は、その機体が誘導路へと移動し、離陸してゆくまでをしっかりと見届けた。

「では、公使。場所を代えて、積もる話をしましょう。話を始めるのに、遅すぎるということはない。今日、救える命がある」

そのエアバスA330の機内では、他に乗客はいなかった。離陸した途端、哨戒機の乗組員たちは拍手をしたが、背後のエコノミー・クラスに隣掛けで座った鍾桂蘭《チォンクィラン》海軍少佐は、緊張した表情を崩そうとはしなかった。

「少佐、シートベルトする暇も無かった。そろそろ、その手を離してもらえますか?」

と張高遠《ツァンガオユエン》博士が問うた。

「え?　ああそうね。もう大丈夫よね。さすがに貴方も、ここから飛び降りようとは思わないでしょう……」

「そんなに心配でしたか?　僕が駆け出すとでも思いました?」

「ごめんなさい。これぱかりは、貴方との信頼関係に賭けることは出来なかった。貴方の信頼を裏切ったとしたら、謝ります。いつかつぐないが出来れば良いけれど」

「ええ。残念には思っていますけどね。京都見物は出来なかったし、確か、この成田への道筋には、東大のカブリ研究所もあったはずなのに。せめて羽田から陸路移動にして欲しかったな。そしたら、東京見物も出来た。ああでも、僕がここで亡命しなかった理由は、それは無理だと判断したからです。中国大使館からやって来た奴ら、明らかに武装していた。僕が走り出した途端、蜂の巣にされてましたよ……」

少佐は、そんなこと全く気付かなかった!　という顔をした。

「冗談ですよ。素人の僕にそんなことがわかるわけがないでしょう。ま、どこかに銃を隠していて、撃たれるだろうなと思ったことは事実ですが。帰ったら、すぐ予備機の整備を始めましょう」

「ええ。有り難う。そう言ってもらえると助かるわ」

鍾少佐は、ほっとしてため息を漏らした。彼女は、シートベルトを締めることも忘れたまま、機体が巡航高度に乗る前に深い眠りに落ちていた。


アメリカ空軍横田基地に同居する航空自衛隊総体司令部ビルの窓を潰したエイビス・ルームでは、パソコン画面に、インターネットの航路情報マップが表示されていた。

アエロフロート機が、新潟上空を通過して日本海へ出ようとしていた。

自衛隊内部では、こんなに慌てて捕虜を引き渡す必要があるのか？　という異論もあったが、基本的には、この案件は外務省と法務省の専権事項で、捕虜の処遇をどうするか、自衛隊に発言する権利はなかった。

深淵《アビス》を覗き込むという意味から、エイビス・ルームと名付けられたその臨時の作戦会議室には、陸海からも出世頭のエリートが参加している。

指揮を執るのは、総隊司令部運用課別班班長の羽布峯光《はぶみねみつ》一佐で、このチームの切り札は、情報専門の喜多川《きたがわ》・キャサリン・瑛子《えいこ》二佐だった。何かとこの部屋から姿を消すが、そういう時は決まって、地下の専用通路を通って、その隣の在日米軍司令部に顔を出している。彼女の父は米空軍の情報将校で、イラクで戦死した。噂では、アポなしで米空軍の司令官連中に会えるという話だった。

「しかし、あれ、良い女だったよな……。また出て来たら、真っ先に撃墜するしかないけどさ……」

と樋上幸太《ひのうえこうた》二佐がしつこく繰り返すと、護衛艦乗りでイージス屋の福原邦彦《ふくはらくにひこ》二佐が「いい加減しつこいぞ」と窘《たしな》めた。

「ここは他人様の家だ。そういうことは、自分の家のブリーフィング・ルームとかでするもんだろう」

「だって、お前が一度も頷かないからさ」

「同意してどうなる？　彼女は戦争相手の軍人で、お前がどこかで会えるとしたら、シンガポールとかマレーシア辺りでの航空軍事見本市でくらいだろう。メールでもしたら出てきてくれるかもしれんが……」

「そうだな。その手はあるな。どこかでメールアドレスを入手しないと。お互い、哨戒機乗りとして、通じる言葉がある！　二、三日、東京に留め置いてくれれば、浅草とか案内してやったのに、外務省も無粋なことをする」

「そこは同意だな。これじゃ、朝貢外交だ。台湾みたいにテレビの前に連行しろと言わないが、もう少し筋を通すべきだった」

「嬉しいね。お前さんと意見が一致するなんて。喜多川さん、どう？　こういう話は、インテリジェンスが専門の貴方の領域だ」

「中国は兵隊も哨戒機も余っている。彼らを帰国させたからと言って、この戦局の大勢に影響が出るとは思えない。それより、味方が万一捕虜になった時のことを考えれば、さっさと返せ！　と要求できる。別に損はないと思いますけどね」

昼から外していた羽布一佐が戻って来て、会話が途切れた。

「ええと、今日、初めて顔を合わせる連中もいるから、改めて昨夜の労をねぎらいたい。昨夜もどうにか敵の攻撃を凌いだが、こちらも未帰還機五機を出した。うち三機は、パイロットが脱出する間がなかったことを確認している。どうにか脱出した二名のパイロットは回収済みだ。それで、損失分は、今夜、千歳からこっそり引き抜く。ロシアに気付かれないようにな。旧式機だから、あまり活躍は期待できないが、戦場の監視くらいには使えるだろう。それで、率直に言って、今度、五機の損失があったら、われわれは一個飛行隊規模の戦力を喪失する羽目になる。故障やら何やら積み重なってな。今朝は、スクランブルから那覇に帰投したイーグルの車輪がパンクして滑走路から飛び出した。危うく機体をおしゃかにするところだった。すでにタイヤの交換時期を過ぎていたが、その余裕が無いまま運用し続けたせいだ。そういうマイナー・トラブルを抱えた機体が無理をして飛んでいる。それ抜きで考えても、これまでのようなワンサイド・ゲームは望めない。減損は続くだろう。

いろいろ、アイディアは出してみた。たとえば、空中に上がっている編隊の数を減らし、海自のイージス艦部隊に頑張ってもらうとか。今回の捕虜移送で、ロシアが中立的位置を保つことが窺えた。北からもう少し戦闘機を抜いても大丈夫では？とか、諸外国向けのF‐35A型戦闘機を、こっちに融通してもらうとか。だが、残念ながらF‐35は、A型にせよB型にせよ、そもそもパイロット養成が間に合っていない。戦闘機の数だけ揃えてもな……。何か、名案はないか？」

「イーグルのパイロットは余っているのですか？」

と喜多川が聞いた。

「いや、余っているということはないけどさ。いざとなれば、幹部が老骨に鞭打ち飛ぶまでだ。私だって求められれば乗るよ」

「では、イーグル戦闘機を日本に運べば良いわけですね？」

「そうだ。だが、イーグルのユーザー国はそんなに多くはないし、彼らも、この戦争に怯えて、日本に肩入れしたくもないだろう。中国の機嫌を損ねることになる」

「じゃあ、解決策はひとつしかありませんね。アメリカから融通してもらうしかない。州空軍は幸い、F-15C／D型から、最新鋭のEXへの更新が始まっています。モスボールされる予定のC／D型は、うちのイーグルの未改修機とほとんど同じだ。いつでも乗れるでしょう」

「融通してもらうのが可能かどうか……」

「どの道、アメリカはそれを捨てる予定でいたわけで、安く買い取ると言えば、断る理由はないでしょう。アメリカも予算不足なんですから。それとも、州空軍に配備が進んでいるEXを買いますか？　それくらい要求しても良いと思いますけどね」

「君、それ何千億円掛かると思っているの？　一個飛行隊分だけでも、たぶん三千億円くらいは行くよ。だいたいEXはどちらかと言えばストライク・イーグルの後継機で複座戦闘機だ」

「海自は那覇軍港でもう二回もスタンダード・ミサイルやESSMを補給した。アメリカは、気前よくミサイルを売っている。あのミサイルの総額は二千億、三千億で済まないでしょう？　ねえ、福原さん――」

「ああ、まあ公式な金額は聞いてないけれど、イージス艦一隻のミサイル弾庫を空にして補充する度に、数千億の予算が飛んで行くことは事実です」

「その金額を使う権利はうちにもあるというわけか。でも、旧型のイーグルと、EXというか、〝イーグルII〟て、丸っきり別の機体だよ。整備もパイロットも、慣熟するだけで最低一週間はかかると思うね。それこそ最低五〇時間は飛ばせてもらいたい」

「同じ飛行機じゃありませんか。それも同じイーグル戦闘機だ」

「君は、ウイングマークを持っていないから気楽に言ってくれるけどさ……」

「じゃあ、班長は、仮に今、米軍から、C／D型、イーグルⅡどっちでも好きな方を融通するが？ と聞かれたらどっちを選びます？」

「迷うまでもない。イーグルⅡに決まっているだろう！ あんなもんイーグルはイーグルだ。マニュアル読んで、コクピットに入って、ほんの二時間も訓練モードでトレーニングすれば、飛べるさ。それが戦闘機乗りってもんだ。それにEXは複座と言っても、一人のパイロットで操縦、運用できることになっている。うちにもセールスはあったよ」

喜多川二佐の隣にいた、イーグル・ドライバーの新庄藍一尉《しんじょうあい》が「はあ？」と声を上げた。

「さっきは……」

「いやだからさ、たとえの話だ。乗れと言われれば、半日も訓練すりゃ十分だろ。俺たちはイーグルの飛行特性を熟知している。整備は戸惑うだろうが、旧型よりメンテナンス性が向上していることも明白なんだから、身体で覚えるだろう。ただ、向こうが売ってくれると言えばの話だ」

「金額を明示してやれば良いと思いますね。お宅のどこそこの州空軍、今後、台湾侵攻という事態になっても出撃することはないだろう州空軍に、これだけの機数のイーグルⅡが配備されている。うちは、ミサイルや増槽込みで買うがどうかと」

「応じると思うか？」

「金額次第でしょう。ここで、同盟国が敗北を喫するのを黙って見物するか、武器を売って儲けるか。ミサイル部門は、もうそれなりに儲けた。戦闘機を丸ごと輸出して儲けが出るなら、乗らない方が損だ」

「喜多川君、ちょっと来い。総隊司令官に話をしに行こう！　あと、みんなは、今夜決行される予定の水機団の渡洋作戦に備えて、最善のエスコート作戦を練ってくれ」

羽布は、「今は戦時だからな、何だってありだよな……」と漏らしながら部屋を出た。喜多川がそれに続いた。

第四章　タートル

魚釣島東端の解放軍指揮所では、待ち焦がれた通信がようやく届いていた。悪いニュースと良いニュース。ただし、良いニュースも、真に受けて良いものかどうか判断に迷うところだった。

指揮所のバラクーダ・ネットの下を出て、姚《ヤオ》彦《イエン》少将以下、海を見下ろせる場所へと出た。指揮所は安全ではなかった。そろそろ、その位置が敵にばれる頃だ。指揮所候補を何カ所か探し出し、移動もしていたが、その全部が露見している可能性もある。

幹部がそこに集まることは避けるようにしていた。

日差しはないが、もう夕暮れだった。日没まで、一時間あるかないかだろう。

時化はやや収まりつつあるが、予報はさして変わりは無い。今夜も明日も、雨が降る。風も吹いたり収まったりの目まぐるしい天候だった。

「夕陽も朝日も拝めないというのは、気が滅入るね。さて、参謀長。通信内容を説明してくれ」

「はい、提督。まず、出発した哨戒艇に関してですが、さきほど、艦隊に合流し、負傷兵は病院船へと引き継がれました。不思議なことに、この通信だけは、非常用の周波数で送られてきた。艦隊とわれわれの間にしか通じない。つまり、本国では誰も受信出来ない距離の出力と周波数での通信だった。恐らく、上部機関に聞かれたくなかったのでしょう。残念だが、雷炎《レイイエン》大佐が正しかった。哨戒艇の撃沈命令が出ていたものと思われる。だが、艦隊は無視して救出した。終わりよければよしとしましょう。

　次に、問題の水陸機動団の居場所だが、相変わらずわからない。われわれがここに上陸した夜、部隊が急ぎ長崎の駐屯地を出たことは確認できている。戻った気配はない。オスプレイ部隊もです。

だが、輸送艦の位置はおおよそわかっている。ドック型輸送揚陸艦のおおすみ型三隻はそこそこ近くにはいるが、オスプレイは積んでいない。あれは格納は無理なので、飛行甲板に留め置くしかないが、その形跡は無い。二〇機前後のオスプレイが忽然と消えた。近くにはいるだろうが、どこにいるかはわからない。たぶん、ヘリ空母でもないだろう。あれは、旧型は哨戒ヘリ他の運用で忙しいし、新しい二隻は、F‐35B専用ですからね。つまり、水機団の居場所もわからなければ、オスプレイの居場所もわからない」

「その輸送艦はどの辺りにいるのですか？」

　と雷炎大佐が聞いた。

「沖縄本島の少し西にある久米島のさらに西だな。護衛艦隊の東側ということになる。解放軍がここを突破して輸送艦を攻撃するのは無理だ」

「現時点でその位置だとすると、二〇ノットの艦隊速度で突っ込んできて、ここまで七時間だ。偵察衛星の情報が、分析班に回り、われわれに届くまで、何時間掛かっていると思いますか？」

「現状、五時間は掛かっている。ふざけた話だが……。もっとも、突然、沖合に上陸部隊が出現したからといって、今のわれわれに出来ることは何もないがな。最後に、これは事実なら良いニュースだ。補給が来る。二〇トンの物資が届く。詳細を待て――、ということだ」

「二〇トンも？　ペイロード一トンの弾道弾を二〇発ばかり撃ち込んでくれるんですかね。届いてくれさえすればそれで構わないが」

「輸送機ではとうていここまで辿り着けないし、ヘリコプターならなおさら。潜水艦も同様で、沖合を哨戒機が飛び回っている状況では無理だ」

現に今も、水平線の上を飛ぶ日本の哨戒機が見えていた。彼らは、こちらの歩兵携帯型対空ミサイルの射程圏外をこれ見よがしに飛んでいた。

「じゃあ、やはり弾道弾だ。発射の重力加速度に耐えて、再突入の熱に耐え、最後はパラシュートでも開くんですかね。となると銃弾くらいしか運べないと思いますが」

「銃弾でも無いよりはましだ。敵の陣地ではなく、味方の近くに落ちてくれれば良いが」

「食料が良い。弾は要らないから食料を送ってよこすべきだ。今更、弾があったからといって、攻略できる相手ではないでしょう。今夜にはさらに敵は増援を送ってくる。水機団の本隊が来る。二個中隊、三個中隊、来るかも知れないんですよ。撤退や降伏が出来ないというなら、ひたすら持久するしかないでしょう」

「だが現実問題として――」

「私は現実の話をしているんです！　参謀長。もう一個中隊規模の兵力しか無い。食料も弾も底をつきつつあって、士気も上がらない。事実として勝てる見込みが皆無なのに、北京は、われわれが玉砕すれば良いとでも思っているんですか？　台湾を喜ばすだけですよ。食い物さえあって持久できればこそ活路が開ける。台湾攻略が始まるなり、敵がわれわれの存在を忘れてくれるのを待てば良いんです。釣りでもしながら」

〝蛟竜突撃隊〟の宋勤《ソンチン》中佐が現れた。

「ご苦労、中佐。新・長安街の仕上がりはどうだね？」

と姚提督が労った。

「難渋しています。下部より更に土が無い。仕方無いかの五センチも掘ると、岩が露出する。ほんら、シャベルで地面を砕いて、細い道筋を作っています。往来できるよう、一メートルの幅をもって左右二本の道を作っています。せめてツルハシが二本もあれば楽なんだが。それぞれの道は、幅二〇センチもないが、急斜面に手を突きながら歩くよりはましです。滑り落ちる危険を減らせる。ただ、夜間の移動は難しいでしょうね。足下が暗いと」

「わかった。後で見に行くよ」

「それより、補給物資が届くのですか？　後続の通信を貰ってきました。無人潜水艇を四隻発進させた。予定通りなら間もなく海岸線に到着して沈底する。物資の回収方法は簡単なので、明るい内に探し出して、道筋を確保し、暗くなってから物資を回収せよ、だそうです」

「ああ、〝海亀《タートル》〟だ……」

「初耳《ワン》ですが？」

と万参謀長が首を傾げた。

「開発チームは、タートルと呼んでいた。何しろ遅いのでな。実際の海亀は、結構速く泳ぐんだが、このタートルは、敵の制圧下、静かに航海し、時間を掛けても確実に到着することを目的として開発された。使い道はここではない。南中国海だ。われわれが埋め立てた基地が、万一、孤立した場合、一千キロ水中を進んで、孤立した基地に補給物資を届けることが目的だった」

「一千キロを潜航して進む？　そんなことは技術的に無理ですよ」

と雷大佐が否定した。

「いや、それが出来るんだ。なぜ出来るかと言えば、これは燃料電池推進なのだが、船体のほとんどは、その燃料電池のタンクになっている。そしてあれの速度は、最大速度で四ノットだったか……」

「沿岸部からここに届くまで、丸四八時間は掛かります」

と雷大佐が暗算して答えた。

「まあ、二日前、われわれはすでに危うかったからなぁ。大事を取って出撃させたのだろう。無事に着くかどうかわからないから黙っていたんだろうな」

「ピンポイントで、こっちに着くんですか？　敵側ではなく」

「時々深度を上げて、北斗衛星やグロナス衛星の電波を拾い、針路修正するはずだ。そう大きくは外れないと思うね。二日前、われわれはもうここに陣取っていたから、島の東側に向け、発進させたはずだ。ここまでほんの三五〇キロだ。燃料を減らして、その分補給物資を積めたということだろうな。一隻当たり五トンか。こういう形での補給は望ましくないが、われわれはまだ太平洋を支配したわけではない。そういう補給も必要になる」

「大まかな位置は報せてきたので、すでに潜水の準備をさせています。まだ水面に光が残っている間に探してガイドロープを結び、暗くなってから交替で素潜りし、荷物を回収します。ただ、重量物の荷物をどうやって回収出来るのかは疑問ですが」

「それが、潜水艇自体が中性浮力になっていて、人力でも操縦できるよう操舵席が付いている。最後の五〇メートルだか一〇〇メートルだかは、それで操縦し、岩礁に乗り上げさせれば良い。ただし、水面下ギリギリだ。ドローンから見えないように。あとは人力だが」

「中性浮力と言っても……」

　と雷大佐が絶句した。

「ああ、わかっているよ。塩分濃度他、中性浮力を左右する要素はいろいろある。この無人艇は、その辺りＡＩ制御で無人航行するんだ。てっきりまだ設計段階だと思っていたし、あっても台湾攻略用に取っておくんだろうと思った。ま、上は上で、われわれのことは忘れていないと意思表示したいのだろう。何が入っているかわからないが、漏れなく回収しなきゃならない。ビスケットの缶でもあれば、士気も上がるだろう。参謀長、回収手順をすぐ立ててくれ。せめて半日早く教えてほしかったがな。今の兵力では総掛かりで回収しなきゃならんぞ」

「はい。直ちに、士気が上がりますよ！」

「だが、一隻でも無事回収するまでは、理由は黙っておけ、海中で食糧確保することにでもしておくんだ。ぬか喜びさせたくない」

　万大佐が林の中へと消えて行くと、姚提督は
「さてと……」と二人を見遣った。

「参謀長がいない隙に、話しておきたいことがある。残念だが、われわれに勝機はほとんどない。上陸時の装備と弾薬が今ここにあってもな。それで、敵にさらに増援があり、本格的な攻勢が始まった後のことだ。もし私が戦死したら、万大佐が指揮を引き継ぐことになるが、彼は無謀な作戦を取るかも知れない。その場合は撃ち殺して構わない。部隊長戦死を理由に、白旗を掲げたまえ。われわれの目的は、もはや勝利ではない。一人でも多くの若者を無事に連れ戻すことだ」

「もちろん、そういう方針で行きます」

と雷大佐が頷いた。

「どこかにステルス輸送機部隊とかいませんかね。それで空挺一個師団も降りてきてくれれば、一気に形勢逆転できるのですが……」

と宋中佐が嘆いた。

「アメリカのステルス爆撃機をコピーした機体を開発中だろう。空軍に聞いたことがあるが、あれで兵員を運ぶとしたら割が合わんそうだ。当然、アメリカは、B‐2爆撃機を空挺降下用に改造した機体も持っているだろうがな。特殊部隊の隠密作戦にしか使えないだろうな。ま、それもこれも、空軍が、この一帯の制空権を一瞬とて確保できなかったことが原因だが……。われわれの責任じゃない。悔やむな。君らは良くやってくれた。東沙島攻略は、犠牲は出したが成功した。戦争はこういうもんだろう」

提督は、その場を去ろうとして、ふと立ち止まって振り返った。

「もし、それなりの補給物資が届いて、私が、『もう一戦やろう！』とか言い出したら、君ら止めてくれよな？」

「承知しました」

と雷大佐が笑いながら応じた。


日が落ちた東京、横田基地内で、エイビス・ルームにいた空自側三人の将校は総隊司令官の居室に呼び出された。

空自ナンバー2の丸山琢己《まるやまたくみ》空将は、険しい顔で、落ち着かない様子だった。

「立ったままで良い。すぐ終わる……」

と丸山は、座ったままため息を漏らした。

「君らのアイディアだが、話が付いた。F‐15EX〝イーグルⅡ〟が来る。州空軍に納入された機体だ。まず、アメリカ全土から一個飛行隊分がかき集められて、州空軍パイロットの操縦によって武器をぶら下げたフル装備でフェリーされてくる。それは、たぶん二四時間以内に、アメリカを飛び立つ」

「マジですか！」

と新庄一尉が声を上げた。

「最初、第五空軍司令官に話を持って行った。彼も、実はそれを考えていたそうだ。今更C／D型で戦える相手でもない。州空軍のEXで戦うのがベターだが、彼らをこの戦争に駆り出すには、あまりにもハードルが高い。かと言って、日本側に貸与して、習熟させる暇も無い。

知っての通り、嘉手納基地には、少数ながらEXが配備され、訓練シミュレーターもある。実は私も乗ったことがあるんだが、違和感は無い。つまり、われわれの旧型と比較して。爆撃や攻撃任務さえやらなければ、後席パイロットは全く不要だ。一人乗りで制空任務をこなせる。むしろ、未改修機なんぞより遥かにロードワークは小さい。

それで、米空軍側とは即座に話がついた。問題は予算だ。貸与ではなく、買うという明確な意志がないと、米政府は動かせない。この期に及んでもな……。でまあ、あちこち電話を掛けまくって説得したよ。

イージス艦のスタンダード・ミサイルより、AIM‐120AMRAAMミサイルの方が安い。そもそも、スタンダード・ミサイルは、それを配備している国の数を考えると、すぐに枯渇する。いくら米側が気前よく売ってくれてもな。それに比べて、アムラームは、世界中の同盟国空軍が採用しており、何百発撃とうが、世界中から買える。迎撃は、スタンダードより、イーグルが搭載するアムラームに任せるべきで、EXは最適だし、パイロットはほんの数時間の座学で飛べるようになるとね。そこは、ちょっと大げさに言ったが……。

それで、最終的には、財務省を口説き落とした。政治家にも頭を下げた。空自にも、海自と同じ予算を使う権利があるとね。支出がいくらになるかは言わん。君らが想定するよりでかい金額になった。

で、問題はパイロットだ。今、飛行隊にいず、勉強だの司令部勤務だので、前線任務から離れているイーグル・ドライバーたちで、EX部隊を編成することになり、そのリストアップを進めている」

丸山は、じっと新庄一尉を見遣った。

「え？　私ですか！――」

「なあ。俺は、君が生まれた時から知っている。みんなで小遣いを出し合って親父さんにベビー服をプレゼントもした。あの時の、親父さんの照れ笑いを君に見せたかった。

たまたま、自分が率いている飛行隊に、現役パイロットとして君がいたというのなら、粛々と飛んでもらうだけだ。だが、自分が人選に参加した無茶な部隊で、もし君を戦死させたとあっては、親父さんに会わせる顔が無い。私の気配を察して、この名前は無かったことにしましょう、と提案も受けた。私が、君はここに必要な人材だと一言言えば、それで済む話ではある。ウィッチ、君の意志を確認したい」

丸山は、彼女のTACネームで質した。新庄は背筋を伸ばし、姿勢を正した。

「女子の本懐であります！――。ぜひ乗せて下さい。イーグルの女性パイロット二人がすでに実戦に出て、キル・スコアを出しています。このまま司令部で燻《くすぶ》って終戦を迎えるのは嫌です」

「これさぁ、親父さんに了解を取らなくて良いか？」

「その必要はありません。この戦争が始まってすぐ、父と電話で話しました。戦場に出られなくて残念だろうが、それぞれ役割というものがある。今いる場所で全力を尽くせと。父も、自分が戦場に出ることを望んでいるはずです」

「わかった。嘉手納には、ＥＸの教官ライセンスを持ったパイロットがいる。明日朝一でこっちに来てもらう。臨時飛行隊は、ひとまず百里《ひゃくり》基地で編制される。明日の朝、ここにいる連中はヘリで送る予定だ。六本木の連中は陸路移動。それまでは自由時間だ。荷物を纏めるなり、ここで任務をつづけても良い。ところで、二人はそれで了解してくれるかな？」

「自分としては構いませんが、自分は駄目なのでありますか？」

　と羽布一佐が怪訝そうな顔で訊いた。

「もしかして、君がＥＸのパイロットにか？」

「そうです！　その資格はあると思いますが」

「だって君、もう９Ｇのドッグファイトとか無理だろう？」

「自信はあります！」

「馬鹿なことを考えるな。君は幕僚長レースのラインに乗っているんだぞ。ヘマをせず、この戦争の大局を見て勝ち戦のことだけ考えていろ。もう駒じゃない。その駒を動かす側だ。で、いろいろ不慣れな喜多川二佐の副官としてウィッチを付けたわけだが、喜多川君はそれで良いかね？　必要なら誰か付けるぞ。ウイングマークは持っていないかも知れんが」

「有り難うございます。彼女が本来いるべき場所にいることが大事です。もし、自分の仕事にサポートが必要になったら、その時は申し出ます」

「では、話は以上だ。生き残ってくれよ、ウィッチ。戦争の最中にこういうことは言っちゃならんが、もし君に何かあって、親父さんが葬式で泣きじゃくる羽目になったら、親父さんの薫陶を受けた先輩パイロット全員から俺は責められる。なんで藍ちゃんをリストに乗せたんだと」

「ご心配なく。敵を駆逐し、必ず生き残ってみせます！」

「それで良い。ああ班長は残ってくれ。飛行隊長を指名しなきゃならん。君に選ばせる」

「それ、自分じゃ駄目なんですか？」

「駄目だ。君はここに必要な人材だ。俺の懐刀としてな。それに、後席パイロットのことも考えなきゃならん。台湾攻略が始まれば、ＥＸは攻撃機としての運用も必要になる」

喜多川と新庄が敬礼して部屋を出て行く。

「私、全然知らないんだけど、ＥＸってそんなに凄いの？　ステルス戦闘機より？」

「ええ。ステルスではないし、Ｆ‐35戦闘機が持っているようなセンサーフュージョンもないですが、とにかく、搭載量が凄いんです。もうアホみたいな数のミサイルを抱いて飛びます。それでいて、運動性能は初期型以上。操縦はフライバイ・ワイヤ。レーダーは当然ＡＥＳＡレーダー。ミッション・コンピュータも、Ｆ‐35並ですから。相手がステルスでなければ、縦横無尽に活躍できます。何しろステルス戦闘機が携行できるミサイルの数は知れてますからね。Ｆ‐35の三倍四倍のミサイルを携行できる。絶対、必要な戦闘機ですよ。班長が最初言ったように、別物ですよね。外観が似ているだけ。

すみません。短いお付き合いになってしまって」

「正直に言うと残念だわ。貴方は、私のような変わり者に偏見なく接してくれた」

「喜多川さんなら、上手く立ち回れますよ。この一日だけでも結果を出してきた。レッド・フラッグ演習のことを聞きました。貴方は何も悪くない。われわれは勝つために、少数を犠牲にすることもある。戦争では、勝利は絶対条件です。ちんけなことでうじうじ恨んで、国外にまで左遷させるなんて、男社会て嫌ですよね」

「米留は米留で、楽しんだわよ。男関係含めて」

「戦争が終わったら、ぜひそのテクニックを伝授して下さい」

　水機団援護で、ここ横田も緊張が高まっていた。今のところ、昨夜のように、中国空軍が大攻勢を仕掛けてくる気配もなかった。もし今夜、中国軍の攻勢がないとしたら、尖閣上陸以来、初めてのことだった。

　向こうも手詰まりなのだな、と喜多川は思った。


　日が落ちた魚釣島、旧・長安街の、破壊された行き止まり箇所で、宋勤中佐と姚彦少将が、ダウンロードされたデータをタブレット端末で見ていた。

　そこから、新・長安街の、山側への迂回路が始まっていた。

　タブレットには、〝タートル〟の諸元性能や、操縦方法、搭載している荷物の回収方法などが図解入りで描かれていた。

　タートルは、やや扁平なデザインをしており、船体前方両舷に二枚の潜舵がある。スクリューは二軸推進で、操縦室は、そのスクリューに挟まれるような格好で船尾に設けられている。基本的に貨物室は密閉されており、注水しなければハッチを開くことは出来ない構造だった。

　目的地に到着すると、自らメインタンクに注水して艇を着底させる。燃料があれば、自動帰還機能も持っている様子だった。

「凄いですね、これ。それぞれのコンテナはすでに貨物室内でロープで繋がれており、搬入口のスロープから、兵が滑車付きのロープを持って陸に上がり、そこからロープを引っ張ると、コンテナを一個ずつ陸揚げすることが出来る。少人数での回収を前提としたシステムだ」

宋勤中佐が頁を捲りながら喋った。とんでもなく奇天烈な装備だ。潜水艇は、すでに三隻の居場所を確認し、暗くなっても真っ直ぐ辿り着けるよう、ガイドロープを張ってあった。残る一隻の発見に手間取っていた。

「ちょっと止めてくれ……。なんだこれ！　信じられない」

と姚彦少将が、そのマニュアルを止めさせた。その貨物室に、兵士が膝を抱えて座っているイラストが描いてあった。

「ああ、拙いぞ！　これ……。君、こんなものを私に見せて誘惑しようというのか。兵員輸送タイプもあるのか。拙いぞこれは。誰か私を止めてくれ！」

「はい。容積的に、一艇に一〇名近く収容できますね。船体の外にも取り付けば、恐らく、四隻で二個小隊は十分に運べるでしょう。残燃料を確認してみる必要はありますが、ほんの数キロ移動する程度なら、問題はないかと」

「ええと、君らが上陸してきた時のボンベはまだあるんだよな？」

「はい。小隊分残っていますし、例の〝トースター〟も、バッテリーはまだ残っています。この艇自体にも、潜水用のボンベが搭載されているみたいですね。操縦席にもボンベが一本常備されています」

「止めてくれ、中佐。バカなことを考えている私を止めてくれ」

「まずは、物資の回収が最優先です。もし、このタートルを再利用するのであれば、物資の回収を敵に察知されてはなりません。無人の補給潜水艇の存在を敵が認知したら、彼らも当然、次はそれにコマンドが乗ってくると警戒するでしょうから」

「こんなのがあるなら、最初からコマンドを乗せてやってくれれば良いんだよ」

「さすがに四八時間分の酸素は無理ですね。速度を上げれば、キャビテーション・ノイズを哨戒機に探知されるし」

「困ったぞこれは……。中佐は、私を止めてくれるよな？　これはカミカゼ攻撃になると」

「客観的に考えて……、いや、ここで客観的にはなれないな。こんな便利な道具があれば、使わずに無視するわけにはいかない。われわれはそれを期待されてきた」

「雨が必要だな。まず雨を待って、ドローンに見えない環境下で、物資を回収する。君が一回、その貨物室に入ってみて、使えるものかどうか検討してほしい。そして残燃料と、操縦方法、航法のマスターだ。水機団が上陸する前なら、勝機があると思うか？」

「奇襲が出来れば、それなりの戦いになるでしょう。あわよくば敵の殲滅も。ただ、カミカゼ攻撃にならないよう、退路を十分確保する必要があります。行って攻撃し、またタートルに引き揚げるという離れ業は無理です。とりわけ夜間では」

「そこは、雷炎に機略を発揮してもらうしかないな。水機団の来襲前に、決行できるかどうかだ。もちろん、水機団が上陸し、上陸地点に固まってまごついている所を襲撃し、さっさと離脱するという作戦でもよいが」

西側に漂着していた四隻目がやっと発見されたという報せが届いた。

「まずは、回収準備をしつつ、雨を待とう！　私は指揮所に戻って、雷炎に知恵を出させる。そして、天気予報を催促する。雨が鍵だ！」

姚提督は、暗視ゴーグルを被ると、指揮所へ向けて大股で歩き出した。


指揮所に着くと、旅団参謀長の万仰東《ワンヤントン》大佐と、作戦参謀の雷炎大佐が、回収した物資の一時保管場所を選定しているところだった。

「君ら、ダウンロードしたタートルのデータを見たか？」

姚提督は、息継ぎが激しく、興奮した態度で言った。

「提督、まずはどこかに腰を下ろして水でも一杯飲んで下さい」

「ああ。あと、参謀長は外せ。指揮所に三名以上の佐官級将校が集ってはならないという規則を逸脱した」

「はい、では自分は、第二指揮所の状況を視察してきます」

雷大佐は、漂着した何かの塩ビ製タンクに溜めた真水を、これも漂着したペットボトルで作ったコップに掬って提督に飲ませた。

「君は見たんだよな？」

「ええ。一通り目を通しました。何というか、宅男《オタク》なエンジニアが、自分の夢を一杯詰め込んで作ったようなオモチャですね。でもそれがわれわれを救ってくれるなら、感謝の言葉しかない。開発者を叙勲するよう通信でも送りますか？」

「そうじゃない！　君も気付いただろう。あの無人艇の能力に。あれを使わない手はないぞ」

「提督、〝蛟竜突撃隊〟は潜水任務もこなすから、暗い棺桶に乗っての移動も耐えられるでしょう。そこから海中に出ることも難無くやってのける。でも、われわれは、所詮は海軍陸戦隊です。そりゃ、スクーバも一応扱えはするが、タンクの数は足りないだろうし」

「移動距離はほんの四、五キロだ。三〇分なら、バディとの交換で何とかなる」

「無理ですよ。そんなことは、〝蛟竜突撃隊〟のコマンドですら無理でしょう。三〇分なんて地獄だ。必ずパニックを起こす。ほんの五分でね」

「じゃあ、人数分のボンベがあったら可能か？　雷炎、どうせ君のことだから、脳味噌をフル回転させて、この無人艇の使い道を考えていたんだろう？」

「困ったお人だ。止めてくれとさっきわれわれに命じたばかりですよね？」

「撤回する。完全に撤回する——」

雷大佐は、テーブルの上に島の白地図を広げた。あちこちびっしりと描き込みがあり、確認できた戦死者の位置も描き込まれている。

「ボンベの数は問題ではない。相手が、不意を突かれたと錯覚できるだけの兵力を、背後に回り込ませることが出来れば、それで成功です。つまり挟撃の形を取る。これまで、われわれの攻勢が失敗した理由は何だと思いますか？」

「敵の戦闘力が上回っていた。山の稜線を取られたのも負け戦に拍車を掛けた」

「敗因をしばらく考えていたのですが、それはわれわれが面の制圧に執着したからです。逆に敵側は、そんなことにはまったく執着していない。彼らは、一度として、われわれを海に叩き落とそうなんて攻勢は仕掛けてこなかった。つねに、ただ防戦するのみです」

「これまでは、われわれが兵力で勝っていたからな」

「撃墜されたパイロットを救出しに台湾軍が突っ込んで来た時こそ、われわれを押し潰す絶好の機会だったのに、それもしなかった。われわれも、彼らと同じ戦法を採用しましょう。敵の制圧は目指さない。もちろん、それで敵の前線を突破し、陣地まで辿り着けるなら別ですが」

「ちょっと待て。参謀長を交えて話そう。その地図を持て」

二人は、所々に蓄光テープが巻かれた木々の間を縫って歩いた。サイリウムほど明るくは無いので、ドローンにも気付かれずに済む。足下を照らすほどの光はないが、進むべき方角はそれでわかった。

「結論から聞くが、大佐。その作戦は成功するか？」

「奇襲というのは、最初の一回は成功するものです。二度目はない」

第二指揮所に着くと、提督は手短に要件を話した。

「それは、宋中佐は行けると言っているんですね？」と参謀長が問うた。

「もちろんだ。ただ、物資を悟られずに回収した後のことだが」

「では、躊躇う理由はないですね。もっとも、想定される犠牲者の数も見ないと」

参謀長は雷炎に質した。

「海中からの奇襲上陸部隊は、二個小隊で上陸した場合、二割から三割が犠牲に。一個小隊以下での上陸の場合、七割から八割が犠牲になるでしょう。こちらから迎えに出た部隊の損耗は、最大三割から四割。これは、どれだけ奇襲部隊に兵を割くかで左右されます」

「それで、どうやるんだ？」

「海中からの上陸攻撃は、専門の宋中佐に任せて、あとで作戦をすりあわせます。われわれは、彼らの退路の確保に全力を尽くします。台湾軍と自衛隊の一部。今では、自衛隊ＯＢからなる民間軍事会社の面子らしいと判明していますが、彼らが守っているのが、北西側のやや平坦なエリアです。われわれは、ここを攻略しようとして失敗し続けている。なぜか？　兵を横に散開し過ぎています。もうその兵力もない今は、これを一本の太い矢に絞り、一点突破を試みます。旧・長安街の西の径《みち》は、まだ生き残っているはずです。恐らく敵もそれを利用していることでしょう。ブービー・トラップがある可能性はあるが、そこまで辿り着いた後、海中からの襲撃の直前に、本隊が仕掛けて、まず敵の注意をこちらに惹きます。真上からのドローンや迫撃砲弾の攻撃を回避するために、ひたすら前進、斃れても前進し、敵が、補給物資を貯め込み、恐らく、水機団のランディング・ゾーンとして確保しているエリアまで到達――。ただし、われわれはまだ一度もそこまで達したことはありません。最短で接近できたのが、五〇〇メートル手前辺りまででしょう。今回は、仲間が撃たれても、無視して前進する鉄の意志が必要です」

「雷炎の口から、鉄の意志なんて台詞が出てくるのは深刻だぞ……」

　と万大佐がおののいた。

「全くです。楽に勝ってこそが戦争の理想ですからね。それで、そこそこ敵を混乱させた味方襲撃部隊を迎え入れて速やかに撤退。万一、島の反対側へ抜けられるようなら、敵の指揮所を襲撃しましょう。その可能性は低いとは思いますが」

「もし水機団が到着した後だったらどうする？」

「基本的な作戦は変わりません。水機団は、たぶん撃てないでしょう。そこいら中に兵が散らばり、応戦できる状況にはない。引き金を引いても同士撃ちになるのがオチです。彼らは、戦場に到着したばかりで、パニックを起こすだけでしょう。私は、彼らの戦闘能力を決して見くびるものではありませんが、戦場というのは、そういうものです。適応するには、それなりの時間が掛かる。

しかし、数ではこちらが徹底的に負けているわけですから、たとえ優勢に見えても、撤退するのが唯一の作戦です。欲を出さない方が良い」

「日本側は、当然、武装ヘリとかの援護も付けて来るわけだが……」

「撃てませんよ。真下には大勢の味方が散開しているんです。暗闇で、敵味方の区別は出来ない」

「行けそうな感じがしますね、提督。どの道、他に策はなさそうだが」

「その一本の矢が敵の防御網を突破出来る理由は何だ?」

「これまでは、横に散開していたので、進撃速度が上がらなかった。横へ撃てば、同士撃ちの危険もあるし、『突出するな!』という厳命が出ていました。今回はとにかく、撃たれても撃たれても前進する決死の覚悟で……。ああ嫌だ。自分で口にしていて厭になる」

「だが、最初の一回なら成功するんだろう?」

「はい。旧日本軍は、南洋の孤島でそうやって米軍を襲撃しました。ただし、バンザイ突撃の後です。最初は、敵を海に追い落とそうとして失敗し、設営された飛行場を奪取しようとして失敗し、戦う術を無くして全軍でバンザイ突撃。その後、生き残った寡兵が小規模な襲撃を深夜に繰り返した。米軍は、最初は驚いたが、すぐ適応しました。飛行場の外は、折り重なる日本兵の死体で丘が出来た」

「この一回だ。最後の一回で、それなりの犠牲を敵に強いれば良い」

　ぽつぽつと雨が降ってきた。頭上の葉がそれで叩かれる音が聞こえてくる。

「これぞ天恵だな……。物資を回収出来る！」

「皆さん、共産主義者はそういうのを信じちゃいけないんでしょう？」

「何を言うか。現にこの四半世紀、神様は中国の味方だったじゃないか。ジーザスは欧米を分裂、弱体化させ、イスラムは、欧米を背後から弱らせ、全ての神は、この無宗教の中国の隆盛を暖かく見守ってくれた。私は全ての神に感謝するよ。共産主義などという時代錯誤で非人道的な統治システムが、この二一世紀に、世界を支配することを支援してくれた。これが神の御技でなく何だというんだ」

「きっと、われわれの指導部が、優秀だったからでしょう」

「万大佐、その台詞をレコーダーに録って北京に送ってやれば、君の出世は間違い無しだな。ところで雷大佐。上の連中は、こんな便利な潜水艇をよこしながら、どうして、これを使って攻撃せよ！　と命じて来ないんだろうな？」

「人間としての良心が咎めたんじゃないですか。大なり小なり、これはカミカゼ任務だ。訓練もなしに、こんなオモチャで攻撃を仕掛けよ、なんて。失敗して、兵士を乗せたまま沈没したら、誰が命じたのだ？　と責任問題になりかねないでしょう」

「無事に生還できたら、私は、そのエンジニアにも、命令した人間にも感謝するよ」

　雨は、あっという間にスコールになった。上空を舞うドローンは、稜線上での動きすら捕捉できなくなった。叩きつける雨の中で、物資の回収作業が直ちに開始された。

〝蛟竜突撃隊〟を率いる宋勤中佐と、賀宝竜《ホヲパオロン》兵曹長（一級軍士長）は、シュノケーリングで潜った。一番西側、つまり敵に近い場所に漂着したタートル目指して、真っ暗闇の海をガイドロープを伝って潜った。

その辺りの地形は、かなり急角度で沈み込んでおり、タートルは、二〇メートルもの深さに、舳先を陸側へと向けて沈んでいた。今にも海底へとずり落ちそうだったが、そこそこの浮力を持っているのか、それ以上、沈み込む気配は無かった。

ヘッドランプを点し、船体を観察した後、船尾に辿り着いた。タンクから延びるレギュレーター・ホースを引っ張り出し、エアを出して見る。呼吸用のエアタンクは、操縦席の両側に二本装着されていた。

吸える空気でほっとした。二人で操縦席に収まる。背後には脱落防止用のフレームがあるだけだ。操縦席は、パネルが一枚装備してあった。その液晶画面が、二日間の水圧に耐えて起動することを祈りながら電源を入れた。

幸い、中文の画面が立ち上がってくれた。操縦は、基本的に機械操作だ。モニターは、針路や航路、艇の状態を示すのみ。これまで辿って来たルートも表示することが出来た。

賀曹長が、燃料電池のエンジンを始動する。メインタンクを徐々にブローし、船体が浮き上がるのを待つ。一メートルほど浮き上がった所で、スクリューを動かし、艇を前進させた。ほんの三〇メートル。舳先が岩礁に接触する辺りで艇を止めた。

海流があるため、艇は徐々に流され始める。再び注水し、艇を着底させた。自分らが海軍の特殊

T-04

部隊で良かったと宋は思った。こんなことは、陸軍の特殊部隊には無理だ。

貨物室は、基本的に常に注水状態にあるらしかった。船体上部へと出て、ハッチを開けると滑車付きの太いロープが巻いてあった。そのロープの下には、スロープが作ってある。

賀曹長が、その滑車を抱えて岸へと泳ぎ出す。陸地まではほんの一〇メートルだが、波のせいで、泳ぐのも歩くのも一苦労だった。雨が強いのが幸いだが、これが月夜なら、間違い無く、ドローンに目撃されていただろう。

やがて、勢いよくロープが引かれるのがわかった。滑車を経てロープはまた艇に戻ってくる。貨物室に収まっていたコンテナは、整然と、一個ずつ回収される。この艇内に五トンの物資が積まれているとすると、一個当たりの重量はどのくらいだろうと宋は思った。コンテナの大きさは統一されており、どれも長さ一五〇センチほどだ。棺桶を少し小さくしたような感じだ。そのコンテナが一五個、収まっている。

宋は、息継ぎで時々浮上しながら、その回収を見守った。賀曹長が戻ってくる頃には、残り数個のコンテナしか無かった。

全てのコンテナを回収すると、ロープを解除し、ハッチを閉めて、いったん艇を、元沈んでいた深さまで戻した。

十分、エアを吸い込んでから、再びハッチを開けて中に入ってみる。大人が、腰を曲げてどうにか歩ける高さの空間だ。床には、コンテナ固定用のロック、壁際にはホースが何本も張っている。レギュレーターのマウスがだらんと水中に浮かんでいる。酸素残量を示すメーターもある。

驚いた。これは特殊部隊潜入仕様だ！

宋は、バルブを少し開いてみた。エアが勢いよく吹き出す。艇尾側に、その酸素タンクが設置されていた。普通の潜水用タンクが束ねられていた。

宋は、水中でオーケー・サインを作ると、バルブを閉め外に出た。波を利用して岩場に取り付き、部下の誘導に従って、林の中へと駆け込む。

そこで、初めて口を開いた。

「曹長！　われわれが存在を知らないまま、こんなのが開発されていたなんて！　いったい誰に使わせるつもりだったんだ？　そもそも誰が設計を指導したんだろうな」

「全く謎ですな。誰が作ってくれたにせよ、われわれは有り難く使わせてもらうだけだが」

ウェットスーツを脱いだ曹長の額からは、血が流れ出していた、前日負傷した傷口がまた開き始めていた。

「曹長、治療してもらえ！　医薬品も届いていると良いがな……」

四隻で二〇トン分の補給物資は、いざ広げてみると、膨大な量だった。たった一個中隊に減った兵力にとっては、夢のような資源だった。

まず、一番上のコンテナには、医療物資が満載されていた。麻酔薬のケタミンに、輸液、手術道具一式に包帯諸々。塹壕足用の抗生物質やクリームまで。その次には食料。ただしこればかりは、カロリーや糖分優先で、食欲をそそるものは一切無かったが。

続いて、ドローンや迫撃砲。暗視ゴーグルや軽機関銃。携帯ミサイル。一番底に、銃弾や迫撃砲弾、各種バッテリーが収まっていた。

これらは、今の兵力では、都合、一個小隊に付き、五トン分もの補給物資になる。そもそも歩兵で持ち歩こうとしても、不可能な量だった。

姚彦少将と雷炎大佐、そして万大佐は、それらの開かれたコンテナを見下ろしていた。

「これで戦局を打開できる！」

と万大佐は手放しで喜んだ。

「凄いな。とんでもない量だぞ！　私個人としては、医薬品だの食料だの積める余裕があったら、鉄砲の弾を入れて欲しかったが……。雷大佐、このゼリーを食ってみろ。君には糖分が必要だぞ。頭の回転が良くなる。こういう時、士官は我慢するもんだが、君なら構わず飲み食いするだろう？」

「はい。では遠慮無く」

雷大佐は、ラベルも一切無い無地のゼリーパックを取り、封を切って口に含んだ。だが一瞬、吐き出しそうになった。

「……一応、何かの味付けはしてあるみたいですけどね……。何か、ひどい化学臭と、飲み屋で食い倒れた親父のゲロの味が交互に襲ってくる」

「そうか！　それは、それだけ高カロリーってことだよな。この数だと、兵一人に最低三個は回るぞ。すぐ配給しなきゃならん」

「ええ。直ちに！——」と万大佐が応えた。

「とにかく、誰だか知らんが、この配慮に深謝だ！　参謀長、作戦開始直前に、感謝の無線を打ってくれ。〝全て受け取った。われわれは前進する！——〟と」

だが、雷炎は一人首を傾げていた。

「それにしても不思議だ……。この補給物資を用意した人物も、このタートルを設計した人物も、離島への侵攻作戦で、何が必要で、どうやれば良いかを熟知している。いったい何者なんです？」

「まあ、帰ったら、礼を言うさ。宴でも開いてな」

兵士が次々と現れ、あっという間に行列が出来た。時々、余裕の笑い声すら漏れ始めた。つい夕方までは、このまま玉砕かと覚悟したが、まだ挽回は出来る！　姚提督も、自信を回復していた。

第五章　帰還

　上海大学のキャンパス近くにある国家安全保衛局のセーフハウス・ビルでは、大げさで無く、〝飢え〟が始まろうとしていた。最初は、誰も深刻な事態になるとは予想していなかった。冷蔵庫には、何かがあり、たとえそれを食べ尽くしても、地元警察から差し入れがあるだろうと思っていた。

　だが、この半日、それは無かった。上海でもMERSの感染者が拡がり続けていた。どこの都市よりも真っ先にロックダウンされたせいで、皆、買い出しに出る暇も無かった。住民同士で、融通し合うしかない。

　当局の災害時の緊急供出は、ほんの一時間で終わり、倉庫は空になった。スーパーの襲撃が相次ぎ、警察は暴徒対策に振り回されている。

　一部に、住民から襲撃された警察署も出ていた。暴徒を鎮圧するために、軍隊も出て、上海市当局は、予告停電を警告していた。

　深夜〇時に停電する。ついては、この時刻より外出中の市民は、発見し次第、逮捕して、感染症病棟での使役を義務づける、と脅していた。それをテレビ、ラジオ、携帯の緊急メッセージで繰返していた。消防車もパトカーも拡声器で、繰り返している。

「そんなことより、食い物よね……」

科学院武漢病毒研究所から派遣された主任研究員の馬麗夢《マリーモン》博士は、みぞおちの辺りをさすりながらぼやいた。彼女は、MERSの封じ込めを指揮するために武漢から派遣されたが、彼女が上海入りした時には、すでに手遅れだった。正直な所、もう仕事は無かった。

封じ込めは、学者の仕事ではなく、もう軍や警察の領分だ。住民を外出させない。それが唯一、効果ある対策で、その例外とされるのは、当面、医療従事者だけだ。ロジを担う運送業や、公共輸送機関の運転士も出勤できない。

そういうノウハウは、彼女の頭の中より、役人の経験の中に生きていた。時々、武漢の研究所とやりとりしていたが、今は、電子メールではなく、倉庫で埃を被っていたFAXを引っ張り出して、もっぱら紙の情報を頼りに議論していた。電子メールは、アメリカに覗かれていると警告があったからだ。

「ピザがないなら、チャイナ・ボックスで良いわよ、あれ世界中で売っているじゃない。スシと人気を二分している。ここ上海なら、外国人向けにデリバリーしているお店の一軒二軒はあるでしょう」

「僕はカップ・ラーメンで良い。いつもスーパーの棚で売れ残っている、韓国製激辛麺で良いから……」

と地元採用組の秦卓凡《チィンチゥオファン》二級警督（警部）が漏らした。

「貴方、自宅に戻れば、冷蔵庫に何かあるんじゃないの？」

「すみません。まだ独身なんで、冷蔵庫にはビールしか入っていないんです」

「どうして独身なのよ？　貴方、地元警察より格上の所にいるじゃない。それも警部だし」

「所詮は警官ですよ。同じ大学を出て民間に行った連中は、僕の五倍のサラリーを稼いで、みんな眺めの良いマンションを買っている」

「君ほど優秀なら、民間の警備会社からスカウトがあるだろう？」

　ここでは一番偉い、蘇躍《スウユエ》警視が口を挟んだ。ただ、蘇は、ウイグル支局からの出張だった。

「ええ。でも、もう少しキャリアを積んでからの方が、高く売れると思って我慢してます。正直、この仕事の方が面白い。警備会社は、犯罪抑止が仕事でしょう。犯人を追いかける方が楽しい。相手がテロリストなら、なおさらです」

「それは同意するが。だがそういう世界は、野心家に満ちている。テロリストを必死に追いかけている間に、手柄は横取りされ、足下を掬われる」

「シンガポールの、許文龍《シュウウェンロン》警視正みたいな人にですか？」

「そういうことだ。私なんか、北京からウルムチ支局だぞ。チャイナ・ボックスもピザとも無縁な暮らしだ。かさかさの、水っ気もない固いパンが主食だ。お陰でダイエットにはなったが。ああいう粗食に耐えて暮らしている民族を虐げるなんてとんでもない過ちだ。彼らは、その弾圧に何世代でも耐え抜くだろう」

「蘇さんは、独身なのかしら？」

「離婚した。子供もいなかったし、帰りは毎晩遅いし、ウルムチ左遷がトドメになった」

「それはお気の毒に……。この騒動が片付いたら、一度お食事しましょう？」

「え？　僕じゃ無くて？」

「貴方は若い娘を探しなさい。蘇さんは、ちょっと危険な雰囲気が素敵よね」

　秦警部が何かを反論しようとしたところで、固定電話が鳴った。秦が受話器を取ると、バンコクの中国大使館からの国際電話だった。それも支局ではなく、秦警部を指名しての見知らぬ外交官からの電話だった。今日、夕方、貴方宛に電子メールを送った。それはあるデパートからの販促キャンペーンのメールで、たぶんスパム・メールとしてくずかごに直行したはずだ。それを回収して、今、貴方の事務所に届いている荷物で処理して下さい……。

訳のわからない話だった。まず、一階に降りて事務職員に尋ねたら、「最優先！」のスタンプが押されたクッション封筒が届いていた。

「なんですぐ届けないんだ……」と女子職員を叱ってから、二階に戻った。

秦警部は、二人に電話の内容を話しながら、ノート・パソコンの前に座り、私用のメール・フォルダーにアクセスした。ここしばらく、忙しくて私用のメールをチェックする暇が無かった。受信フォルダには五〇本ばかりメールが溜まっている。そもそも、いったい誰が、どうやって自分の私用のアドレスを知ったんだ……。

ゴミ箱を覗いたら、今日一日だけで、三〇本、スパム判定を喰らったメールが溜まっていた。ほとんどが、投資情報のセールス・メールだ。結婚情報サイトもあった。英文メールのほとんどは、性機能サプリと、アダルト・サイトの宣伝。

中に、シンガポールの有名デパートからの販促キャンペーンのメールが届いていた。開いて見ると、仕立てスーツの画像が一〇枚ばかり表示された。

「僕相手に、わざわざシンガポールにスーツを作りに来い、というんですかね……」

そのメールを開いたまま、封筒を開けた。中には、USBメモリが一本入っている。「至急！許文龍より」とメモ書きが入っていた。

「うわっ！　なんで僕宛に……」

そのUSBメモリに入っていたのは、何かの暗号鍵らしかった。そのスーツの写真をダウンロードして、実行ファイルで読み込むと、テキスト・メッセージが表示された。

「いわゆる画像埋め込み型暗号《ステガノグラフィー》文ですね」

「ちょっと席を替わってくれ」と蘇警視が交替した。


　蘇躍宛、この文書が一時間でも速く、君の手元に届くことを祈っている。われわれの通信は、電子メールにせよ、電話にせよ、間違い無くアメリカに傍受されている。外部の回線を使っても、必ずや国家安全保障局《NSA》の〝エシュロン〟に引っかかるだろう。このメッセージは、ステガノグラフィーを使って画像に埋め込んであるが、このテキスト自体は、さらに、軍が開発中の量子暗号化技術で暗号化されている。NSAのスパコンを使っても、解読に百年は掛かる。解読のための暗号鍵は、別途北京から専用機で送らせる。

　このMERSウイルスを仕組んだのは、アメリカだ！　たぶんアメリカはワクチンも開発済みだ。客船に乗っているアメリカ国務省以下の団員に感染者が出たというのは、偽情報だ。テロリストたちは、全員射殺されたが、作戦を決行した特殊部隊は、血痕の一滴まで拭き取り、塩素系消毒剤で綺麗にして去った。乗っていた主犯も、ウイグル人科学者も、表向きは射殺されたことになっているが、私は一切信じていない。

　このメッセージは、シンガポールからバンコクへ、わざわざ中国大使館の書記官に持たせて、バンコクからスパム・メールを装って君の部下宛にメールするよう持たせた。

　横浜港で、制圧作戦寸前に、客船に乗り込んだある人物のデータを二枚目以降の写真に埋め込んだ。この人物は、アメリカ大使館の職員を装っているが、ＣＩＡのエージェントであることを確認した。首謀者とは古い知り合いだ。ある西側筋から情報提供を受けた。何かのために添付しておく。

　国内の状況悪化を憂慮している。われわれに出来ることはもう僅かだが、君たちが出来ることをしてくれると信じている。最善を尽くせ。

　　　　　許文龍、古き友より——。


出て来た写真は二枚。船を下りた時の、動画から起こしたらしい不鮮明な写真と、どこかのカフェで寛ぐあごひげを伸ばした写真の二枚だ。こっちはサングラスを掛けていた。

「この男が、ナジーブ・ハリーファと知り合いだったとしても、でもＣＩＡの中東専門家なら、不思議はないですよね？」

　と後ろから覗き込む秦警部が指摘した。

「いや違うな。この英文報告を見ろ。パリ留学時代に、ナジーブ・ハリーファの資金援助を受けていたとある。もっと深い仲だぞ……。だが変だ。ＣＩＡ職員の身上調査書が、どうして存在する？　それも英語で。ロシア語や中文でなく。訳がわからん。許はいったい、どこからこの爆弾情報を入手したのだ？」

「まさに爆弾ですね。この情報で中南海は荒れますよ」

「馬先生のご意見は？」

「……」

　馬は、呆然とした顔で、「あり得ない」と首を横に振った。

「アメリカがワクチンを開発していたなんて絶対に無いと昨日、断言したばかりよ。いちいち根拠を上げて」

「そうでしたね。でも、だとしたら全ては辻褄が合う。やはり、マンダリン・ホテルでの会食のスケジュールをリークしたのはアメリカだ」

「医学的な辻褄は合わないけれど。このウイルスは、われら全体主義国家の利点によって、徹底したロックダウンで封じ込められる。それなりの犠牲は払うだろうけれど。でも、必ず、国外へと漏れます。密航者や外国人労働者らによって、早晩、アメリカにも入る。昨日も言ったけれど、アメリカは、自国消費分のワクチンを量産できたとは思えない。感染がパンデミックとなれば、次から次へと変異株が生まれ、やがてワクチンの効果も低下する。そして決定的な治療薬も無い。アメリカでも、何百万人と死ぬことになるわ」

「やはり、特効薬もあるんですよ。そう考えるのが一番合理的だ」

「もう、自信はないわ。それはあるのかも知れない。私の情報網をすり抜けて、ワクチンと治療薬両方が開発されたなんて信じられないけれど。ただ、いずれにしても、その治療薬が倉庫に堆く積まれているとは思えないわ。量産する時間を考えると、中国でのパンデミックには間に合わないでしょう」

「われわれは、他にやることもない。しばらくは、このエージェントを追いかけてみましょう。千里眼システムのデータベースと照合し、さらに深掘りすれば、彼と、国の内外で接触した人間が一人くらい出てくるかも知れない」

「貴方たちはめげないのね？」

「われわれの仕事は似ていると思いませんか？

お互い、干し草の中から、針一本を探し出すために、地味で根気の要る作業に没頭している。忍耐力が全てですよ。華やかさとは、本来、無縁な仕事だ」

「同意します、完全に。私もちょっと、全世界のデータベースをもう一回洗ってみるわ。その痕跡がどこかに残っているかも知れない」

「急いで下さい。ここには自家発電装置は無い。街中が停電したら、たぶんネットもダウンするでしょうが……」

結局、当局の脅しが効いて、深夜〇時を回っても停電は無かった。だが、この脅しが使えるのは一回だけだ。次からは、誰も真に受けなくなるだろう。

当局の広報車が忙しなく巡回している。「発熱者は、家庭内で隔離し、静養せよ。この疫病に特効薬はない。ただ静かに静養し、体力を維持し、回復に努めよ」と繰り返していた。

治療法も探さねば、と馬麗夢博士は決意した。たぶんその鍵は、もっとも早く感染が拡大した、あの客船にある。客船に留まって戦っている医師チームと接触せねばと思った。

まずは、誰が乗り組んだのかを調べなければならない。


人民解放軍寧波《ニンポー》海軍飛行場では、民航機から降ろされた二つの棺に対して、急遽儀仗隊が編成され、簡単な儀式が執り行われた。だが、士気に関わるとして、弔砲は取りやめになった。エプロンに置かれた二つの棺には、五星紅旗が掛けられている。

この基地に帰ってこられただけでも、二人の戦死者は幸運だった。まだ、東シナ海を漂っている遺体もあれば、機体とともに海底に沈んだ仲間もいることだろう。

誰もが、明日の自分の運命を思った。

その葬儀が終わる直前に、次の民航機が降りてきた。民航機と言っても、今は全土がロックダウン中だ。飛んでいる民航機は、全て軍のチャーター便だった。

滑走路端で乗客を降ろすと、誘導路でUターンして離陸していく。マイクロバスが、そこに取り残された飛行服姿の兵士らを回収しに行った。

マイクロバスは一直線にハンガーへと向かって来たが、その棺の横で急ブレーキを踏んだ。中から飛び出してきた鍾桂蘭《チォンクイラン》少佐が、棺に取り付いて泣き崩れた。

早期警戒機空警KJ-600（空警-600）を指揮する浩菲《ハオフェイ》中佐は、しばらく、仲間が泣き崩れるに任せた後、おもむろに棺へと向かった。哨戒機のクルーが、棺を取り囲み、半ば呆然と突っ立っていた。

そこから一〇メートルは離れて立つ張高遠《ツァンガオユエン》博士の小柄な肩を、中佐はぽんと叩いた。

「博士、貴方が無事で良かったわ。人民の至宝を失ったかと思った」

「いろいろありましたけどね」

「彼女、立ち直れそう？」

「悪魔の掌の中で激しくシェイクされているようなラフトの中、二人っきり。彼女は一日中泣き腫らしていたんですよ。でも、時間が解決するんじゃないですかね……。パソコンを貸して下さい。思い切り速い奴を。機内で書いた計算式を忘れない内に、プログラムに組み込んでおきたい」

「では、結果は出したのね？」

「ええ。そのつもりです。ただ、少佐の話だと、センサーには固有の癖があるから、それを全機にすぐ適用するのは難しいと。そもそもL:iDAR

を搭載した哨戒機はあれ一機だけだったし」

「それは、こちらで解決します。健康診断を受けて、しばらく貴方は寝なさい」

「この飛行場内で感染者は？」

「幸いまだ出ていない。ただ、われわれは時間の問題だと思っているわ。それほど感染力が強い」

「少佐を立ち直らせないと……」

「ええ。それはたぶん、私と貴方の仕事になるわね」

浩中佐は、意を決して少佐の背後に歩み出て、片膝を突き、泣きじゃくる後輩の肩に手を置いて抱いてやった。

「桂蘭、貴方が還って来てくれてほっとしている」

「全部、私の責任です！　先輩の警告に耳を貸さなかった」

「いえ。あの時点で引き返していても、たぶん手遅れだったわ。貴方の機体は撃墜されていたことでしょう。むしろ、撃墜の高度が低かったことで、不時着水に成功し、救われた乗員もいた」

「棺はいつ、着いたのですか？」

「貴方たちより早かったわ。日本政府もロシア政府も、最大限気を遣ってくれたみたい。別に、貴方たちの帰りを待って、ここに置いたわけではないのよ。儀礼の準備に手間取って……」

「生きていたんです。この二人は、巡視船に救出された時点では元気だったんです。でも味方潜水艦の攻撃を受けて……」

「事情は聞いている。潜水艦を責めても仕方無い。戦場という霧の中では、そういうことは起こるものよ。桂蘭……、弔いをしたければ、顔を上げて仕事をしなさい。貴方と天才青年が助かったと聞いてから、すぐ代替機の準備を始めました。とりあえず、LiDARまで取り付けたわ。装備しただけで、魂は入れてないけれど。それは、貴方と天才君の仕事です。自分を責めている暇はないわよ。天才君は、仕事を完成させるらしいから、貴方は貴方の仕事をしなさい」

中佐は、鍾少佐の身体を抱きかかえるようにして立たせた。

こんなのは序の口だ。これから、これが日常になるのだ。その日常も、いずれ棺すら届かなくなるだろう。ただ行方不明の情報が届くのみだ。それでも、戦って死ねる自分たちは幸運なのだろう。遺族にはそれなりの弔慰金も出て、後に残される親は、国家が、その老いを看取ってくれる。

一方で、これからMERSに感染して死んで行く者たちには、何の慰めも、慰労もないのだ。われわれは、恵まれているのかも知れない、と浩中佐は思った。

だがまずは何より、意気消沈の鍾桂蘭をしゃきっとさせることだ。自分の機体の調整もまだ完璧ではないが、こちらも放っておけない案件だった。

航空総隊司令部・エイビス・ルームでは、新庄がトイレ休憩で外した隙に、戦術情報スクリーン（リンク16）に、新たな目標が現れていた。

西を目指して飛んでいる。陸自のオスプレイ輸送機の編隊だった。

「これ、どこに隠れていたんですか?」

と新庄は、陸自の面子に聞いた。

陸幕防衛部の竹義則《たけよしのり》二佐が、昨日というか、今朝から新たにここの面子に加わった陸上総隊運用部・五十嵐《いがらし》洋《ひろし》一佐を見遣った。ウイングマークの持ち主で、コブラ対戦車ヘリから、ロングボウ、CH‐47、オスプレイまで乗りこなすヘリ屋さんだった。

「一番、機数が多かったのは、成田ですね。成田空港の、民航の巨大ハンガーの中に隠しました。他は、全国の地方空港の、警察や海保の格納庫に、ばらけて置かせてもらいました。でも、半数は、輸送任務や何やらで、忙しく飛び回ってましたよ」

「兵隊は積んでいるんですか？」

陸の二人が顔を見合わせた。

「すみません！　ひょっとして聞いては拙かったですか……」

「いや。もう良いだろう」

と竹二佐が立ち上がり、自分の背後に貼られた日本列島地図の横に立った。

「まだ兵隊は積んでいない。この〝スサノオ作戦〟、ヤマタノオロチを退治した故事に肖《あやか》り、スサノオ作戦と命名した。

これに参加する陸自飛行部隊は、今、種子島の馬毛島《まげしま》を目指して飛んでいる。まだまともな運用は出来ないが、着陸して、燃料補給は出来る。すでに燃料タンク車が準備している。ここで、最後の燃料補給を受けた後――、空中給油の予定はない。一応、準備はしてもらっているが、それは緊急時に限るという前提になっている。で、肝心の水機団の兵隊はどこに潜んでいるかと言うと、解放軍が尖閣に上陸してきてすぐ、駐屯地へのミサイル攻撃を警戒して、長崎から、海路、熊本へと渡った。そこで全員、民航機に乗り、沖永良部島へと渡った。ホテルとか貸し切って、外には一歩も出なかった。

一個中隊は、そこから、輸送艦一隻に乗り移り、今、尖閣諸島へ接近している。水機団司令部もそこにいる。もう一個中隊は、貨物船を借りて、沖縄県の最北端、硫黄鳥島《いおうとりしま》へと向かった。小さいし無人島だから、この地図では、載っていないが

……、たぶんこの辺りだな。無人島だから、情報を秘匿できる。住民がSNSにうっかり書き込む心配も、隊員がこっそり隠し持った携帯を使われる心配もない。馬毛島を発ったオスプレイは、ここに着陸し、一個中隊を拾って魚釣島を目指す。それが第一段階。後は、五十嵐、お前の専門だ……」

五十嵐二佐が交替して立ち上がった。

「では――。本隊が突っ込む前に、敵を威嚇、そして攪乱するために、無人標的機を飛ばしてもらいます。訓練支援艦から、チャカⅢ四機を飛ばし、解放軍が居座るエリアを低く、繰り返し場周旋《じょうしゅう》回して飛んでもらいます。そのエンジン音で、敵を威嚇すると同時に、接近するオスプレイの大編隊の騒音を隠す狙いがあります。これが第二段階。

第三段階は、オスプレイが強襲着陸する寸前に、武装化したオスプレイ二機と、キャリバーCH二機を、島の北西側へと出して、牽制射撃を開始します。その時刻に合わせて、海自P‐1部隊に、またマーベリックを撃ち込んでもらいます。

そして、第四段階、一個中隊を乗せたオスプレイが、味方が確保したランディング・ゾーンに着陸。橋頭堡を確保、第五段階、輸送艦を発進したエア・クッション艇が、反復輸送して、もう一個中隊を陸揚げします。仕上げは、CHが、迫撃砲部隊を、ここ、北小島の海岸線に運びます。魚釣島東端までおよそ五キロ。一二〇ミリRTの通常弾ぎりぎりの射程距離ですが。射程延伸弾も持ち込む予定です。夜明けを待ち、部隊は前進を開始し、どこかで敵と接触した後に、停戦交渉に入ります。もし敵が反撃してくるようなら、北小島の一二〇ミリRTで警告します」

「まあ、相手のある話なので、降伏勧告とは言わない。あくまでも停戦交渉だ」

竹二佐が捕捉した。

「イージス艦隊と、空自戦闘機部隊が航空優勢さえ確保し続けてくれれば、作戦に失敗はない。われわれとしては、歩兵同士が銃火を交える前に、解放軍が潔く白旗を掲げてくれればと思っている。そして、こちらは、捕虜も取らずに、静かに引き揚げてもらう。海保の巡視船に乗り込んで引き揚げてもらうとか、いろいろアイディアは考えている。喜多川さん、解放軍というか、沿岸部に動きはない？」

「ありません。この尖閣に関しては。彼らは今、台湾への上陸作戦の準備に追われています。全土がロックダウンしたことで、やりやすくなった。全国からフェリーをかき集めているわ」

喜多川二佐は、心配無いという顔で答えた。

「不気味だな。あれだけ上陸部隊の援護に拘って犠牲を払ったというのに、われわれが上陸してくるとわかっていて、何もしないのか……」

と羽布一佐が首を傾げた。何か罠が潜んでいるぞ……、という顔だった。

「彼らもうんざりしたのでしょう。あんな、戦略的にたいして意味が無い無人島に執着して、前夜三隻もの新鋭艦を喪失し、航空機に至っては、六〇機かそこいら喪失しました。搭乗員の損失は、簡単に養成して穴埋めは出来ない。私は、不思議には思いませんが」

「なら、今、白旗を掲げない理由は何だ？」

「日本が本当に、これを戦争に持ち込む覚悟があるのか見極めているのでしょう。あるいは、玉砕を命じられたのか」

「現地部隊は応じないだろう。いくら精鋭部隊でも。それを命じられて、時間稼ぎをしている可能性はあるが」

「とにかく、警戒を怠らずに注視しよう」

皆、大なり小なり、違和感は持っていた。つい昨日まで、上陸部隊を援護しようと、それなりの戦力を繰り出して来た解放軍が、今夜は、まるで通夜みたいに静かだ。艦隊は沿岸部に引きこもったまま、戦闘機部隊も突っ込んで来ようとはしない。

水機団の上陸は、あっという間に終わる。今、中国空軍の戦闘機が飛んでいるラインから駆けつけたとしても、隊員を降ろして引き揚げるオスプレイのケツを舐める程度だろう。

何かがおかしかった。まるで、解放軍は、戦闘の意志自体を喪失したみたいだった。

外務省・総合外交政策局・安全保障政策課係長の九条寛は、防護衣にマスク姿で、豪華客船〝へブン・オン・アース〟号のクルー専用デッキまで降りた。ここまで降りたのは初めてだった。一切、窓が無いデッキで、通路も狭いし、圧迫感があった。

当然、多くの日本人スタッフが働いてる。船の運航部門で働いている人々は、以前からこの業界の人間だが、お客様と接するエンタメ部門のスタッフは、ほとんどがコロナ禍で失業した労働者だ。大半は、この船に乗るまで、職を転々として食いつないできたのだ。それが、今度は、MERSウイルスの震源地と化して、死線を彷徨っている人々もいる。気の毒なことだった。

災難が終わったら、政府から一時金の支給くらいあるよう、運動しなければならないだろう。

フィリピン人船員に案内されて、その部屋に辿り着くと、通路で、中国兵が一人腰を下ろして座り込んでいた。完全に寝ていた。豪快に鼾《いびき》を掻いて寝ている。銃こそ持っていなかったが、戦闘服のままだった。

塩素系消毒剤のきつい匂いが漂ってくる。ハッチをノックして呼びかけると、中から、四一四突撃隊を率いる、莫裕堅《モオユウキン》少佐が出て来た。表情は死んでいた。疲れ切った顔だった。手には、乾いた雑巾を持っている。

四一四突撃隊は、上海沖でこの客船を襲撃したが、作戦は失敗し、半数のコマンドを失った。だが、汚染されている客船から下船させるわけにもいかないので、船内に留まっていた。診療所の上のデッキに留まり、隔離生活を送っていたが、今は、何かの証拠探しに躍起になって、船内を動き回っていた。

「莫少佐、お疲れのようだ。休まれてはどうですか？」

「ええ。まあ、目的を達したらそうします」

少佐の英語力は完璧だった。

「お探しのものは見つかりそうですか？」

「どうですかね。ネイビー・シールズは、警察が鑑識現場で使う真空掃除機まで持ち込んで徹底的に掃除したらしい。ベッドの毛布やシーツは、大型洗濯機に放り込んで、漂白剤をドバドバ。マットレスは、海に投げ込まれた。そうやって部屋を空にした後に、塩素系消毒剤を噴霧したんです。天井から壁、床に至るまで。われわれは、エアコンダクトの塵を回収したが、そこも洗浄されていた」

「ここに、そのウイグル人科学者と仲間が潜んでいたのですか？」

「そうです。で、われわれは考えたんです。でも、クルーとして乗り込んでいたのであれば、彼らは、もともと別の部屋にいたのでは？　と。それで、その元の部屋の捜索もしています。明日というか、午後には終えるでしょう。彼らのDNAを回収しなきゃならない」

「そのことですが……。実は、中国政府から、皆さんを下船させてほしいという要請が届いています。もちろん、帰国した後は、どこかで隔離されることになるでしょうが、それはお国の問題です。ここにいてもらっても構わないが、皆さんも窮屈でしょう。捜索が終われば、あとは退屈と戦うだけの毎日になる」

「いえ。差し入れられる日本食には満足しています。次の食事には何が出てくるのだろうと、皆で楽しみにしていますよ」

「別に厄介払いというわけではありません。皆さんが収集した証拠を、お持ち帰り頂くのも構いません。そのワクチンが実際にあったかどうかに関して、意見は言いませんが、しかしアメリカが、真剣に隠蔽する意志があったとは思えません」

「そうですか？」

少佐は怪訝そうな顔で聞き返した。

「だって、いくら漂白したって、彼らは、この船内であちこち動き回っていた。船を撃沈でもしない限り、船内のＤＮＡを全て消し去るのは無理だ……」

「そうだ！　彼は、中庭のワゴンのケバブ職人として乗り込んだ。あのワゴンを調べないと……」

「で、どうなさいます？」

「降りると伝えて下さい。このまま船上に留まって、時間が経過すれば、台湾と日本の関係が深まり、最悪の場合、われわれは捕虜として台湾側に引き渡されるかもしれない。テレビに出ての恥さらしはご免です」

「ああ、あの台湾が、戦闘機パイロットの捕虜をさらし者にしたとかいう件ですね。あれをテレビ・ニュースで流すのは残酷だ。しかし、公にはなっていないが、前夜の戦闘でわれわれが救出した哨戒機のクルーは、明るい内に、成田経由で中国に帰りましたよ。ロシア機が運んでくれた。皆さんは、英雄として迎えられますよ。感染者がぽつぽつ出ている中国側代表団には、しばらく船内隔離してもらうしかありませんが」

「原田大尉ですか、皆さんはどうなさるのですか？」

「医療スタッフがさらに増員されたので、原田さんはすでに下船しました。しばらく隔離後、本隊と合流なさるのでしょう。自分はまあ下っ端なので、本省で必要とされているわけでもない。この船には大勢の日本人が働いているし、各国政府代表団の御世話もしなければならないので、自分は最後まで留まります」

「でも、アメリカ代表団は勝手に帰る？」

「恐らくね。彼らは、感染していようがいまいが、勝手に下船するでしょう。ロシアも、降りたいというので降りてもらいます。その方がわれわれは気楽だ」

九条は聞かされていなかったが、客船には、今、〝イレイザー（掃除人）〟と呼ばれるＣＩＡが雇った掃除の専門家集団が乗り込んで来ていた。

アメリカ代表団の部屋を徹底的にクリーニングしていた。クリーニングした後は、部屋ひとつ覆うような巨大なビニール袋を客室内で広げ、下船までそのクリーンルームの中で暮らすよう命じられていた。代表団が下船後は、また彼らが部屋を徹底的に掃除するのだ。シャワールームの換気扇から、トイレの配管に至るまで。

「明日というか、明朝、補給を名目に横浜港に接岸し、戦闘で亡くなった仲間のご遺体を下船させ、中国大使館に引き渡します。ご覧になりますか？」

「もちろん、見送ります。もし可能なら、下船はその時でも構いません。ほんの数時間後だろうが、急いで荷造りさせます」

「大使館にそのように伝えます。皆さんは、次は台湾へ？」

「恐らくは二、三日、隔離生活を送らされて、そういうことになるでしょう。自分レベルの将校は、軍隊に流れる、ある程度のムードしか知りませんけどね」

「ワクチンがあろうがなかろうが、中国はその強権で、感染の封じ込めに成功するでしょう。これも何かの縁です。戦争が終わったら、一度観光に来て下さい。歓迎しますよ。東京で買えるものは全部、中国でも売っているが、ここで買った方が安い」

「ぜひに。部下を連れて来ますよ」

マスクをした二人は、握手の代わりに、肘を突き合わせて別れた。


彼らは、何かの証拠を持ち帰ることになるだろうが、アメリカはたぶん、それも計算済みなのだろう、と九条は思った。そうやって、腹の探り合いをするのが外交だ。一生懸命、何かの痕跡を消しているのも、中国側にわざと猜疑心《さいぎしん》を抱かせるためかも知れない。

だが、ここまで感染を広げた後に、アメリカはどうやって世界秩序を回復するのだろうと、それが気がかりだった。どんな奇策があってのことなのか、想像も出来なかった。

日本側代表団の居室に戻ると、防衛医官の永瀬豊二佐が待っていた。

「一応、報告しておく。詳しい検査結果が出た。原田君が持っている抗体は、ワクチンによるものだと確定した。感染による抗体ではない。それと、原田君に持たせた、米外交官の血痕だが、これからも、抗体が出た。それほど詳しく調べられる量ではなかったが、これもたぶん、ワクチンによる抗体だろう」

「その情報は、携帯か何かで受け取ったのですか？　NSAに盗聴されますよ」

「いや。ドローンがわざわざ〝紙〟を運んできた。こんな便利な時代に、同盟国の盗聴を恐れて紙に回帰するなんて嫌な時代になったものだ。この部屋も定期的に盗聴器の掃除をした方が良いな」

「実はやってますけどね。昨日の補給で、盗聴器探知機を一台入れてもらいました。中国兵は、証拠を持ち帰れると思いますか？」

「どうかなぁ。DNAがあれば、解析できるという簡単な話ではない。あるいは髪の毛や、皮膚片とかでさ。できれば唾液とか、せめて小便とか欲しいね。でも中国は、何も出なくとも、証拠が出た！　と主張することは出来るよね。それなりのデータを偽装するのも簡単だし」

「しばらく寝させてもらいます。横浜港に接岸するまで」

「そうしてくれ。栄養と水分補給を忘れずにね。防護衣は、正しく脱ぐこと！」

永瀬が足早に去って行くと、九条は、かつて日本側代表が伏せっていたキングサイズのベッドに倒れるように横になった。


サイレント・コア原田小隊のスナイパー、リザード&ヤンバル組のリザードこと田口芯太《たぐちしんた》二曹と、沖縄出身のヤンバルこと比嘉博実《ひがひろみ》三曹は、彼らが〝北の岬〟と名付けた、魚釣島の北斜面を見下ろせる場所に陣取っていた。

崖の先端部で、幅は三メートルほどしかない。身を乗り出すと、東西数百メートルを見渡すことが出来た。

彼らはそこで、ギリースーツを纏い、腹ばいになっていた。雨が降るのでビニールシートを敷き、ギリースーツの下には、ポンチョを羽織っている。腰から下も、ビニールシートでズボンを作ってそこに突っ込んでいた。

解放軍が作ったジャングル・キャノピーの下の進撃ルートを、何カ所か見渡すことが出来た。彼らは、ドローンから隠れるため、真上からの偽装には熱心だったが、横からの偽装にまで気を遣う余裕は無かった様子で、所々で、木立から人の移動が見えるポイントがあった。田口らは、それらのポイント全てに、ナンバーを振っていた。

そして、移動する兵士の数をカウントしてノートにメモしていた。

夜は、夜明け時がもっとも暗い――。そして、夜明け時がもっとも危険だった。自然にも、戦争にも、人生にも共通する警句だ。

「人数変わらず……、いや、むしろ減っている感じがするぞ。なんでだろうな」

と暗視スコープを覗く田口が漏らした。

「寝ているんじゃないですか？　毎晩のように仕掛けてきた。さすがに飽きたんですよ。襲撃するたびに兵隊を減らすばかりで」

「この連中はそんな柔《やわ》じゃない。仕掛けてくるさ。最後の一兵に至るまで。今は、嵐の前の静けさだ」

「その嵐を起こすのは、水機団だ」

「お前、真に受けているのか？　水機団が来るなんて。今日までどこかに隠れて縮こまっていた奴らだぞ。中国とことを構えたくないとばかりに、わが国政府は、未だ巡視船の撃沈すら公表しないじゃないか。俺は信じちゃいないね。こんなふぬけな政府のすることなんて。だいたいさ、やる気があれば、島の東半分を爆撃すれば、それで終わりだろう。誘導爆弾とか、贅沢なオモチャはいらん。通常爆弾で爆撃して更地にすれば、それでお終いだ。敵は消える」

「そういうのって、警察比例の原則に反するから駄目なんでしょう？　ピストルにはピストルで、刃物を振り回す犯人を、重機関銃でミンチにしちゃいかんわけで」

「俺ならやっちまうけどな……。ところで、隊長が、フランカーに関する評価を出せと命じてたが、お前はどう思う？」

「どうって、それが世界のスナイパー界の流行なんですよね。狙撃チームの後方に一人援護兵《フランカー》を配置するのが。そりゃ、背後を守られているという安心感はあるけれど、でも正直、ケツが痒くなりますよね。俺たちのケツをずっと眺めてて、ヘマしないかどうか見張っている仲間がいるってことは。それに、そこに仲間がいてくれるからって、背後の安全に気を抜けるものじゃない。そのフランカーに忍び寄って寝首を掻く敵だっているわけで」

「珍しいな。お前と意見が合うなんて。実は俺も気になるのはそこなんだ。一人、フランカーを配置するために、小隊から貴重な戦力が抜かれることになる。部隊としては、貴重な狙撃手を守って安心感も上がるだろうが、俺たちはさ、別にそれで、安心感が増すってことにはならないんだよな。やはり後方の警戒は、自分たちでやるしかない。正直、フランカーが活躍する状況は、かなり混沌として負けている状況だろう。俺たちは、そんな状況を回避するための存在だ。フランカーの存在理由がわからん。

　これ、正直に隊長に言っていいもんかな……」

「いやぁ、一応、ニードルらと話を合わせて、姜三佐に上げてからの方が良いんじゃないですか？」

「そうか。もう少し、考えを纏めておこう。お前今度、半日くらいフランカーをやってみるか？」

「俺は駄目ですね。一人の任務なんて、一日中、ぐーすか寝て過ごす羽目になる」

「俺も同感だな」

沖合低く、Ｐ‐１哨戒機が舞っている。翼端灯は消しているが、排熱があるので、時々暗視装置で見える。何より、エンジン音だ。彼らは、対空ミサイルの射程外を飛んではいるものの、解放軍にプレッシャーを与えるため、時々、近付いてくる。そのエンジン音が途切れることは無かった。

あの機体に、本来は艦船攻撃用のマーベリック・ミサイルを搭載して、対地攻撃から空対空攻撃までやってのけるのだ。これまでも華々しい戦果を上げていた。前夜は、殺到する爆撃機部隊に突っ込んで、マーベリックで、敵編隊をバタバタと叩き墜したのだ。


指揮所で、流れ着いた丸太に座って舟を漕いでいた土門は、待田の「隊長！」という呼びかけで目を覚ました。

「ゼロ・アワーの告知届きました。〝スサノオ〟作戦の開始時刻です！」

「やっと来たか。これで中国兵も、夜明け時が一番恐ろしいことを身をもって体験して逃げ帰ることになる。ランディング・ゾーンは開けてあるな？」

「はい。誘導用の赤外線フラッシュ・ライトも待機。迫撃砲小隊は、敵を攪乱するための煙幕を張る用意を整えています」

「稜線上に動きはあるか？」

「いえ。最後の交戦以来、接近する者いず、だそうです。中国空軍に前進する気配もなし」

「われわれの勝ちだな。オスプレイのほんの五機、エア・クッション艇の一隻も上陸できれば、それで勝敗は決する。今日の晩飯は、どこかの駐屯地で、温かい飯と味噌汁が食えるぞ」

「縁起が悪いから、そこまでにして下さい。〝逆神〟呼ばわりされますよ」

「俺は、台湾軍に情報を伝えてくる」

「ゼロ・アワーに関しては、適当に誤魔化して下さい。本土への通信を聞かれると拙い」

　何にせよ、これでこの島ともおさらばだ。正規部隊が制圧したところで、政府は諸々を公表して、中国に和議を呼びかけるのだろうと土門は判断していた。

　陸戦兵旅団も、島の反対側で出撃準備を整えていた。

「みんな、栄養補給はしたな?」と姚彦《ヤオイエン》少将が参謀長に聞いた。

「はい。久しぶりに糖分補給できたので、眠気を催して眠り込んだ兵士が出たほどですが、皆元気です。若いってのは羨ましい」

　宋勤《ソンチン》中佐らは、タートルのマニュアルと格闘していた。貨物室内には、椅子があるわけではない。床に腰を下ろした兵士たちは、揺れや衝撃に備えて、姿勢を保持する必要があったが、その方法が無かった。コンテナをロックしていた爪にロープを張り、それをシートベルト代わりにすることになった。

　作戦参謀の雷炎《レイイエン》大佐は、タブレット端末で、本国から送られてきた二枚の衛星画像に見入っていた。

「違いがあるのかね、大佐。私には同じに見えるが」

「全然違います。これは、衛星から合成開口レーダーで撮影したレーダー写真ですが、たとえば、このエリアの北側に、二つ盛り上がりがある。明らかに、車両です。これは昨日の朝、撮られた写真。正確には写真ではないが……。そして二枚目、二時間前に撮られた写真では、その盛り上がりは消えている。そういう、恐らくは補給物資や何やらを積み上げていた所が、綺麗にされ、ランディング・ゾーンが出来ています。間もなく、水機団が空からやってくる」

「どう対応する？」

「迫撃砲と弾が到着していますから、着陸が始まったら、それを一斉に撃ち込みましょう。先頭の編隊が着陸して、兵が散開し、次の編隊が着陸、また兵が散開……。二度目か、三度目辺りを狙えば、効果的な攻撃になるでしょう。敵は当然、こちらに目眩ましの煙幕弾を撃ち込んで来るでしょうが、狙うエリアは広い。着弾修正する必要も無く、撃ちまくれば良いでしょう。配置を急がせます」

「任せる。宋中佐、そっちはどうだ」

「ええ……、まあ何とかなるとは思いますが」

と宋は浮かない態度で言った。

「いざ、やろうと考えてみると、訓練なしにやり抜くのは大変ですね。航法ひとつ取ってみても、いったん潜り始めたら、測位データを拾える深度まではなかなか上がれない。艇の慣性航法装置だけを頼りに進むことになります。そして、兵たちは、ウェットスーツを持っているわけではない。戦闘服と軍靴のまま水に入り、貨物室で三〇分、レギュレーターを咥えて、暗闇の中、水の抵抗に抗い、水中へと装備を持って泳ぎ出て、戦闘準備しなければならない。何とかやり抜くつもりですが、困難はあると思って下さい」

「信じているよ。では、陽動部隊をそろそろ前進させよう！　できれば、ぎりぎりまで敵に察知さ中隊の戦力で前進を開始した。

指揮所を空にして、陸戦兵旅団は、たった一個

「そうか。では、われわれも行こう！」

はなかった。残念ですが……」
えてみたが、合理的にそれを断念させられる理由
言えないでしょう。いろいろ、断念する理由を考
「いえ。この補給物資を前に、戦闘できないとは
聞いた。
「雷炎大佐。私を止める気はあるか？」と提督は
やり抜く自信が揺らいでいた。
次へと問題が浮上する。いざ作戦を立てると、次から
の入手で喜んだが、宋中佐は、今となっては、
　ウェットスーツ姿の宋中佐が敬礼する。潜水艇
「では、後ほどお会いしましょう」
だ！」
してくるだろう。敵もわれわれも、時間との勝負
たいものだがな。彼らは、夜明け前の寸前に襲来
れず、水機団をランディング・ゾーンで迎え撃ち

第六章　水陸機動団

おおすみ型輸送艦一番艦の〝おおすみ〟（一四〇〇〇トン）は、二〇ノットの速度で、ほぼ真西へと進んでいた。向かう先には、尖閣諸島の北小島・南小島がある。

哨戒ヘリが低く飛び交い、その上空では、那覇基地のP‐1哨戒機が対戦活動を行っている。

そのコースを採ることで、全長一八〇メートルもある全通甲板型の輸送艦は、魚釣島東端に陣取る解放軍部隊から、その巨大な艦影を隠すことが出来た。

解放軍が恐らく見張りを置いている高度からも、水平線上にマストが覗く距離まで接近していたのだ。

水陸機動団を率いる松尾《まつお》捷《しょう》陸将補は、ウェルデッキのキャットウォークに上り、格納庫に収まった二隻のエア・クッション艇を見下ろしていた。全長二七メートルにもなるエア・クッション艇二隻が入って、まだ空間がある。船尾側には、RIBボートが横に格納されている。そしてデッキには、兵員を運ぶためのPTM人員輸送用モジュールが組み立てられている。

赤い暗視照明の中、出撃準備が始まっていた。

このエア・クッション艇に、人員を〝裸〟の状態で載せると、騒音や飛沫や、いろいろと不愉快な思いを強いられる羽目になる。それを緩和するためのモジュールだったが、実際、この箱に入っても、騒音は凄まじいものがあった。

艦の出力が落ちて、速度が落とされるのがわかった。幕僚スタッフが、恭《うやうや》しく拡声器のマイクを差し出した。

「諸君！　しばしこちらに注目してくれ！」

エア・クッション艇には、水上からの殴り込み部隊として、団司令部の本部管理中隊と、第一陣の第一水陸機動連隊第二中隊の二〇〇名が乗っていた。第一中隊の二〇〇名は、オスプレイでの空からの殴り込み部隊だ。

この他に、近くの僚艦〝しもきた〟には、更に二個中隊が控えとして待機していた。彼らは、エア・クッション艇からも、ヘリからも自由に上陸することが出来る。

「諸君！　まもなく、北小島・南小島の東方海上に着く。われわれは島陰を利用して、魚釣島に接近している。そこから、魚釣島へは、ほんの五キロ。南側へ迂回して、島の西端を目指したとしても、十数キロだ。エア・クッション艇の速度なら、この辺りから進出しても、二〇分と掛からない。上陸場所は、すでに味方部隊によって安全が確保されているが、念のため、第一中隊を先行させ、敵を威圧、絶望させた上で、第二中隊と、団司令部が乗り込むことになる。船舶によるビーチングで乗り込むことが重要だ。それが、島を取り返す明確な意思表示となる。

いろいろあったが、ようやく政府も腹をくくったということだ。正規部隊を上陸させ、尖閣には指一本触れさせないとする意志をこれで明確に出来る。われわれの内の何人か、たぶん一個中隊前後は、この後もずっと魚釣島に留まることになる。台湾情勢がどうなろうと、日本は、恒久的に、この島々に自衛官を常駐させることになるだろう。われわれはもう、この島を振り返ることはない。ここに留まるのだ！

　君たちが期待しているかも知れない戦闘は、たぶん起きない。ただ上陸し、散開し、陣形を作り、防御して夜明けを待ち、無人機で敵の残存部隊の上からビラでも蒔いて降伏勧告して、この戦争は終わる。拍子抜けする戦いになるだろうが、事故のないように、それだけ注意してくれ。魚釣島は険しい海岸線で、別に港があってスロープがあるわけでもない。岩に蹴躓《けつまず》いて怪我とかしないようにな。

　国民は期待している。あの水機団が魚釣島に上陸した！　というニュースは、たとえ政府が秘匿しても、あっという間に漏れるだろう。中国は激怒するだろうが、もう為す術はないのだ。彼らの負けはここで決まりだ。

　全ては、ゼロ・アワーに向けて動き始めた。間もなくオスプレイの編隊がわれわれを追い越す。諸君らの健闘を祈る！――」

　全員が、中隊長の号令で、下から敬礼を捧げる。マイクを返すと、今度は、イヤープロテクターが差し出された。エア・クッション艇がエンジンを始動すると、ここはもう会話もできなくなる。

　部隊のナンバー3、高級幕僚の畠山惣一郎《はたけやまそういちろう》一佐が、自分のイヤープロテクターを外し、「武者震いがしますな。われわれが先陣でないのが残念だ」

「あの、千葉の片田舎から来た連中のことか？　黒っぽいコスプレした。全く三日もあって、あの程度の敵すら全滅させられないんだぞ。やっぱり正規軍だよ、正規軍。やれ影の部隊だの総理直轄だのと自慢するような特殊部隊の時代は、もう終わりなんだよ。俺がこの足で乗り込んで、土門に引導を渡してやるさ。もうあんたの時代は終わりだとな」

「でも、あそこが噛んでいる民間軍事会社は良いですよ。隊員の再就職先として」

「そんなもん、うちの方が退職者は多いんだ。桁違いにな。いちいちあいつらにお伺いを立てて再就職を斡旋してもらうような話か？　俺が出世して陸幕に戻ったら、長崎に、水機団専用の民間軍事会社を立ち上げるよ」

「良いですね。自分もぜひ一口乗らせて下さい」

「そうだな。会社を立ち上げたら、株式発行とか考えなきゃならんな。上場したら、俺たちはそれでウハウハ、ビル一棟買えるぞ！」

　ドック内のファンが唸りを上げて回り始める。そしてついに、二隻のエア・クッション艇のエンジンに火が入った。猛烈な風と騒音が、耳をつんざくように襲ってくる。イヤープロテクターをしていても、腹の中から震動してくる感じだった。

　魚釣島では、〝北の岬〟に陣取ったリザード＆ヤンバル組が、解放軍の移動を察知していた。

　田口は、ノートに書き留めた数を数える「正」の字に時々視線を落とした。兵は、それだとすぐわかった。全員、ＦＡＳＴヘルメットに蓄光シールを貼っている。それがそこそこ見えるのだ。

「すでに二〇名を超えたぞ？」

「でも、仕掛けるには少なすぎる」

「一番東のＥ00。あそこを通過した連中が、Ｅ01を通過した形跡がない。その手前でたぶん止まっているぞ。なんでだ……」

　田口は、望遠スコープで、その東端の隙間を見遣った。幅がほんの一・五メートルしかないが、そこは径が悪いらしくて、兵はそこを通過する瞬間だけ、速度が落ちるのだ。足下を確認しながら慎重に歩いている感じだった。

「うん?……。下にももう一本ルートがあるぞ。足首の位置に、反航するFASTヘルメットが見えた。戻っている」

「じゃあ、それは集積所《デポ》だ。往復して、デポに、物資を運んでいるんでしょう」

「せいぜい、一個小隊が前進。もう一個小隊がデポに物資を運んでいるのか。そんな物資がどこにあったんだ? もう弾もないだろう」

「潜水艦で補給があったとか」

「無理だ。日本の哨戒網は突破出来ない」

比嘉は、その情報をテキスト・メッセージにして指揮所へと送信した。

指揮所では、土門が、そのメッセージを受け取っていた。

「ガル、稜線上に動きは無いな?」

「ありませんねぇ。稜線上で撃ち合った前々日の夕方から、敵は一発も撃ってきてません。動きも止まっていた」

「じゃあ、丸一日ぶりに動き始めたということか? 何だ、これは。いったい、あそこまで兵力を減らした連中が何をしようとしているんだ……。原田小隊は配置に就いたか?」

「はい、ランディング・ゾーンの手前で、降りてくる水機団を誘導すべく配置に就いています。萬《まん》田《だ》さんの迫撃砲分隊も、煙幕弾発射で待機中です」

　遠くから、何かのエンジン音が聞こえてくる。無人標的機チャカⅢの妨害飛行が始まったのだ。

「よし、次は、P‐1による対地攻撃だ。なあ、ガル。ここにリンク16のシステムが無いのはどうしてなんだ? あれは、武装ヘリにだって積めるんだろう? てことは、地上部隊が装置を持ち歩くことだって不自由はないはずだ」

「あれば便利ですけどね。今、増援部隊がどこにいるのか、スクリーンを見上げるなり、タブレット端末を覗くなりで一目瞭然にわかる。でも、あれは、それなりに電力を喰うし、受信する側だって、電波を発しますからね。位置秘匿に障害をもたらす。それに、ああいう情報はほら、司令部だの指揮所だのが独占するからこそ価値を持つんですよ。前線の部隊が、西半球をカバーできるような戦術情報データにアクセスできて、勝手に戦況を判断して動き回っちゃ、偉いさんの立場がないでしょう」

「俺は欲しいけどな。何より暇つぶしになる」

しばらくして、島の東端から爆発音が轟いてくる。P－1哨戒機によるマーベリック・ミサイルの攻撃だ。鼠花火のような連続した爆発音で、それが二回続いた。今回も、敵の指揮所周辺は避けて、進撃ルート上を狙ったはずだ。

その爆煙がしばらく充満することで、地上から空は見えなくなる。つまり、オスプレイが仮に真上を飛んでも、対空ミサイルは撃てないということだ。

「オスプレイのローター音が聞こえます！」

「そうか？……」

「加齢ですよ。複数……。キャリバーCHも聞こえますね」

「よし、スキャン・イーグルの高度を落とせ。上陸を援護する」

「了解。水機団長、隊長とそりが合わないですよね……」

「どうでも良い。あいつはな、さっさと陸幕長に出世して、宴席で俺に酌をさせるのが夢なんだそうだ。俺は別に、防大出のエリートさんのプライドをへし折るようなことをしたことはないがな……」

「それはどうかな。本来、水機団がいるべき場所に、俺たちがいるってことが気にくわないんじゃないですか?」

「それは、俺が決めたことじゃない。望んだことでもな」

ようやく、土門にもオスプレイのローター音が聞こえてくる。

「迫撃砲分隊に、支援砲撃を命じます!」

「許可する——」

二〇秒も経ずに、島の西端南側斜面から、ポンポン! と八一ミリ迫撃砲の発射音が聞こえてくる。この戦場に於いて、もっとも心地良く、頼りになるのが、迫撃砲の発射音だと土門は思った。

砲弾は、稜線を超えて、敵の進撃ルート上に落下し始める。ほとんどは、煙幕弾だったが、中に数発、通常弾も混ぜてある。そうやって敵を威嚇するのだ。

「オスプレイを出迎えてくるよ」

土門は、指揮所を出て、北西斜面のランディング・ゾーンへと向かった。今はまだ、何の予感も無かった。

胴体下面と、後部ドアに機銃を装備したV-22〝オスプレイ〟ガンシップ・タイプが突っ込んでくる。その背後、やや低い高度を、キャリバーCHことCH-47大型ヘリが突っ込んでくる。オスプレイを別格とすれば、回転翼界で、最もスピードが出るヘリでもあった。対戦車ヘリですら追いつけないのだ。

だが、沖合を威嚇して飛ぶだけで、まだ発砲はしなかった。

やがて、水機団隊員を乗せた二機のオスプレイがランディング・ゾーンに着陸してくる。先頭の機体がゆっくりと着陸し、後部ハッチが開くと、その隣に二機目が降りてくる。

降りてきた隊員らは、全員、FASTヘルメットの後ろに赤外線LEDを張り付けていた。原田小隊の面子が、ケミカルライトを振って、散開する方向を指し示す。

ローターが巻き起こす風と、爆音が凄まじくて、人間の声は全く聞こえない。だが、二機のオスプレイは、僅かに時間差を置いて離陸していく。次の二機編隊がまたゆっくりと降りてくる。

土門には、その音は全く聞こえなかった。島の反対側から、迫撃砲が発射されたが、その発砲音は聞こえなかった。それどころか、着弾した爆発音すら聞こえなかった。それほど、オスプレイの爆風と爆音は凄まじかったのだ。

第二編隊の一機は、すでに兵員を降ろして離陸していた。エンジン音が高まり、地上から一〇メートル、二〇メートルと浮き上がる。だが、その真下で何かの閃光が走った。それが迫撃弾の着弾爆発による閃光だと土門が気付いたのは、ずっと後のことだった。

ふいに左右の翼のバランスを崩し、右翼へと傾き、そのまま滑り始めた。埃を吸った右エンジンがバーストして、海面へと墜落していく。巨大な物体が水面を叩く衝撃音が聞こえる。

そして、次はもっと凄惨な現場となった。着陸し、後部ドアを開いた瞬間のオスプレイに、一発が命中した。機体が、内側から膨張するみたいに、一瞬膨れ上がって爆発した。背中がぽっきりと折れ、主翼は、ローターごと宙に舞って飛んで行く。巨大な火柱と、衝撃波が辺りを見舞った。

だが、それで終わりでは無かった。迫撃砲による攻撃は、まだしばらく続いた。ランディング・ゾーンの周囲に、狙ってはいないが、次々と着弾してくる。恐らくは二、三〇発は落ちたように思われた。

土門は、ごつごつした岩の上に伏せて、その爆風に耐えた。至近弾が岩を削り、銃弾なみの速度で破片が襲ってくる。遠くから、誰かの叫び声が聞こえてくる。

沖合では、オスプレイ・ガンシップとキャリバーCHが制圧攻撃を開始していたが、時すでに遅しだった。

そこは、一瞬にして、地獄と化した。

リザード&ヤンバル組は、その惨状を余すことなく崖の上から見ていた。敵がいるはずの地上は、マーベリック・ミサイルと、味方迫撃弾による煙幕で、うっすらと白い靄が掛かっていた。そこだけ、スープを流し込んだような景色で、ジャングル・キャノピーの下を行き交う兵士の姿も全く見えなくなった。

だが、オスプレイの着陸が始まり、第一陣が離陸すると、その白煙の下で、パチパチとライターを着火するような火花が散り始めた。迫撃砲の発射であることは明らかで、比嘉は、その初弾が着弾する前に、指揮所に「着弾《インカミング》！――」と報告した。続いて、田口が、その大まかな位置を報告する。しかしすでに指揮所は応答せず、やむなく直接、迫撃砲部隊と連絡を取った。

味方迫撃砲部隊が、直ちに一発を反撃すると、田口は、着弾修正する情報を送った。だがその時には、すでに敵の攻撃は終わっていた。

その辺りに向けて、オスプレイが攻撃を開始する。後部ドアの五〇口径と、胴体下面に装備された、M134・七・六二ミリ・ガン・ターレットの曳光弾が吸い込まれていく。

敵も反撃してきた。対空ミサイルが海岸線から二発上がってきた。オスプレイは、それをチャフ&フレアと、欺瞞装置で交わしたが、続くCHは、

突っ込んでくるとすぐ沖合へと退避した。

しばらく、味方迫撃砲部隊が、残った81ミリ砲弾を容赦無く叩き込んだ。弾数では負けていなかったが、勝敗は明らかだった。

後続のオスプレイが、着陸を諦めて引き返していく。

「酷いな……」

「………」

比嘉は、珍しく言葉もなく黙り込んだ。

「さっきの奴ら、迫撃砲と弾を運んでいたんだ。気付くべきだった！」

「これ、俺たちの責任になりますよね？」

「そうだな……」

島の西端では、爆発したオスプレイが、赤々と燃えていた。だが、彼らは、敵の攻勢はそれで終わったものと錯覚したのだった。二重三重のミスが生じようとしていた。


砲撃が収まると、土門はよろよろと立ち上がった。指揮所を呼んでも誰も出ない。どこからか銃撃音が聞こえてくる。だが頭がじんじんして、どこから聞こえて来るのかわからなかった。その内、地面で跳弾した曳光弾が、夜空に向かって飛んでくる。それで、民間軍事会社と台湾軍が陣取っている島の北側正面だとわかった。敵は何度もここの突破を試みたが、これまでは一度も成功していなかった。今の限られた兵力で、それが可能だとは思えない。敵の意図が不明だった。

オスプレイが燃える熱波が拡がってくる。そこいら中で、怒号と悲鳴が響く。「メディック！メディック！」と呼んでいるが、応える声はない。

土門は、呆然と座り込んでいる水機団の隊員に、「立て！　上官を探して、次の行動に移れ！」と怒鳴った。

土門は、やっと気付いた。赤外線LEDを持っていない隊員が自分の部下だ。

「ファーム！　ファーム！」

原田小隊のナンバー2、ファームこと畑友之《はたけともゆき》曹長が、負傷した隊員を担いで走ってくる。

「ファーム、ここは良い。自分たちで処理させろ。指揮所の陣地正面の応援に二個分隊回させろ！　なんとか命令を回せ！」

「はい、ボス！　エア・クッション艇の接岸を誘導しないと！」

「わかった。それは俺がやる」

突然、空が明るくなった。東側から照明弾が上がっていた。何もかもわからない。照明弾を上げてまで侵攻するような戦力はないはずだ。

土門は、赤外線フラッシュ・ライトを手に持ち、海上へと合図した。エア・クッション艇二隻が、沖合から接近してくる。上陸できるようなビーチはないので、岩礁に接岸して隊員を降ろすことになる。

土門は、大きくライトを振り続けた。エア・クッション艇が巨大な羽を停止し、惰性で接岸してくる。タラップが降ろされると、銃を構えた隊員らが飛び出してきた。

「行け行け！　固まるな。散開しろ！」

その最前列にいた指揮官が真っ先に飛び降りた。土門は、その指揮官に向かって、来い！　と合図した。

「団長はどこだ！」

「次の便です。負傷者を収容しないと」

「君は中隊長か？　負傷者の収容は二艇目で良い。まずは、次の便を接岸させるのを優先しろ。団長を陸に上げて、その便で負傷者を後送する。急げ！」

中隊長がエア・クッション艇に駆け戻っていく。

するとエア・クッション艇は、中隊長が乗ったまま後退し始めた。中隊長が、慌てて海中に飛び込む。ところが、装備が重たいせいで、沈んだままなかなか上がってこなかった。土門は、そのまま陸側へと下がり、次の便の接岸を誘導した。

エア・クッション艇が後退に手間取り、二艇目の接岸に時間が掛かりそうだった。北側の戦闘はますます激しさを増していた。いったい、こんな弾数をどこに隠していたんだろうと思うほど、間断なく撃ってくる。重機関銃の発砲音も聞こえていた。そして、時々、ロケット弾や手榴弾も爆発する。

上陸した水機団が、徐々に隊員を纏め、その戦場へと向かい始めた。

水機団長の松尾陸将補は、エア・クッション艇の人員輸送用モジュールに設けた指揮所で、スキャン・イーグルが送ってくる映像を見ていた。しばらく、口をぽかんと開けて、黙って見ていた。

「いったい、これは何だ！　何が起こっている……」

「負傷者を収容しませんと。われわれがまず上陸して、指揮所開設と同時に、負傷者を収容しましょう。ここに医者はいない。なんとか輸送艦まで持たせないと」

高級幕僚も呆然としていた。

「輸送艦に防衛医官を派遣するよう要請しろ。ただし、指揮所はこのままだ。そんなもんを動かしている暇はないぞ。まずは全員で、負傷者を回収だ。銃なんざ要らん！　皆、担架と包帯を持て！　接岸したら飛び出して、負傷者の収容を急げ。担架を置く空間を確保しろ！　シートを畳んで、テーブルはひっくり返せ。急げ急げ。衛生隊員は、上陸したらまずトリアージだぞ！　手当は暇な隊員に任せて、衛生隊員はトリアージ最優先だ。クソッ！　いったい、どうなっているんだ」

エア・クッション艇が岩礁に接岸する。その頃には、頭上を敵の曳光弾が激しく飛び交っていた。

「団長！　ここは危険です。一刻も早く上陸を――」

畠山が急いた。

「わかっている。だが、今はここが指揮所だ」

団長は、そう言いながらFASTヘルメットを被った。松尾は、タラップの側まで出てみた。陸上では、隊員が走り回り、怒号が飛び交っている。担架の代わりに、負傷者を二人抱えで運んでくる者たちがいた。そして、北の空では、激しい交戦が続いている。

流れ弾がデッキに飛び込んできた。

一歩後ずさった瞬間、見慣れない戦闘服の男が、負傷者を背負ってタラップに飛び乗ってきた。

「水機団長！　いつまでボートに乗っているんだ？　さっさと降りて指揮所を開け！」

「土門さん、あんたこそ何をやっているんだ！　いったい何が起こったんだ？」

「迫撃砲を喰らった。離陸直後のオスプレイと、着陸したばかりのオスプレイに直撃した。搭乗していた隊員は全滅。その爆風に、巻き込まれた隊員がいる。敵に補給なり増援があったとしか思えない。とにかくさっさと降りろ！　俺の方が先任だとわかっているな？」

「あんたに指揮されるいわれはない。負傷者の収容が先だ。これはあんたの尻ぬぐいだぞ！」

松尾は、土門が運んできた隊員を受け取ってモジュールへと担いだ。照明弾や燃えるオスプレイの明かりはあるが、どこから出血しているのかもわからなかった。

全く、想定外の戦場、惨状だった。

タートルの操縦席にいた宋勤《ソンチン》中佐は、作戦開始時刻を睨んで、海中に留まっていた。だが突然、上から押しつけられるような圧力を感じた。水面を見ると、照明弾に照らされて、巨大な船影がすぐ隣を通過していた。エンジン音の震動は聞こえるが、スクリューはない。エア・クッション艇だとすぐわかった。

宋中佐は、しばらくゆっくりと、その後を追った。そして、エア・クッション艇が接岸したことを確認すると、すぐその隣で着底させ、賀宝竜《ホラバオロン》曹長と顔を見合わせた。ハンドシグナルで、「やってみるか？」と問うと、曹長は二度大きく頷いた。

貨物室のハッチを開けると、赤い暗視照明が漏れてくる。兵士達は皆、戦闘服のまま、レギュレーター・ホースを咥えて静かに待っていた。

中佐は、水中ボードを手に取ると、「上方有気墊艇　偸襲奪艇（上にエア・クッション艇。襲撃して奪う！）」と書き殴った。

驚いて仰け反る兵士もいれば、手を叩くふりで歓迎する兵士もいる。賀曹長は、すでに準備を始めていた。岩場を登るための鉤爪付きの縄梯子があった。登山で使う軽量タイプだ。

潜水艇を東側陣地近くまで自律航行で引き返すようセットすると、全員で、エア・クッション艇の真後ろに浮上した。

「曹長、君はブリッジを制圧してくれ。操縦要員は必要だから、殺傷は最小限にな。私は、デッキを確保し、上陸した敵が戻ってくるのを阻止する。意外に上手くいくかもしれんぞ」

「はい。われわれの本分とする作戦だ」

「もし、操縦室の制圧に成功したら、南側へ離脱するんだ。たぶん、自衛隊の揚陸艦は、北小島・南小島の島陰に隠れて、これを発進させたはずだから、帰還を装って、脱出し、東端に達した所で、北へ転進してくれ」

「味方から、対戦車ロケット弾の攻撃を食らいますよ」

「そうだな……。その心配に備えて、しばらくは沖合に留まろう。指揮所と確実に連絡を取ってから、接岸だ」

そろそろ、作戦開始時刻だが、その前に行動を起こす必要があった。でなければ、エア・クッション艇はすぐさまここから発進することだろう。

起き上がった状態の後部タラップに縄梯子を引っかけて、まず宋中佐が登ってみる。幸い、目の前に、何かの巨大なモジュールが置かれていて、視界を妨げ、誰からも目撃される心配はなさそうだった。

全員をデッキに収容する余裕がありそうだった。残る三隻から兵士らが浮上し、上陸して発砲を開始した。発砲は、エア・クッション艇の両隣で起こっていた。モジュールの中から怒鳴り声が聞こえてくる。

「行くぞ！」

宋中佐は、補給品として入っていた新しい銃、191式自動歩槍の安全装置を解除して、操縦席とは反対側から前に飛び出した。

丁度、モジュールから銃を構えた兵士らが出てきたところだった。突進して頭突きを喰らわせ、その場に転がせた。モジュールを覗き込むと、負傷兵がずらりと横になっている。

その一番奥に、テーブルやモニターがあり、銃を持たない兵士達が集まっていた。一瞬、なぜこんな所に、衛生兵でもない兵士らが固まっているのかわからなかったが、中佐は、銃の引き金を引き、彼らの頭上、天井を狙って連射した。

「ゲット・ダウン！（伏せろ）ダウン！」と怒

鳴って、また引き金を引く。

女性兵士なのか、キャッ！　という叫び声が上がった。

「誰かタラップを上げろ。スイッチだか電源があるはずだ」

と兵に命じる。操縦室の制圧に成功したのか、エンジンというか、ファンがすぐ回り始め、艇が大きく揺れた。フワッと浮き上がる感じがして、スカートから空気が入り、左右に揺れた後、ゆっくりと、岸辺から離れて行く。

「ああ、みんな気をつけて！」

と中佐は、咄嗟に日本語で喋った。

「このボートは、われわれが乗っ取りました！……。ああいや、ごめんなさい。映画の見過ぎです。乗っ取るは、テロリストみたいだ。このボートは、われわれ人民解放軍の指揮下に入りました。皆さんは抵抗せずに、その場を動かないで下さい。この日本語、通じてますよね？」

と問うと、床に寝かされた負傷兵が何人かうんうんと頷いた。

「有り難うございます。負傷兵の皆さん、もう少し待って！　ちゃんと手当しますから。その奥に固まっている皆さんは……」

そこで、中佐はようやく気付いた。ここは指揮所だ！　すると、ここには高位の指揮官や幕僚がいるのか！

「ええと、ここは指揮所だったのですか？　すると、ここにいらっしゃる皆さんは、参謀とか、自衛隊では幕僚と言うんでしたっけ？　中隊指揮官とかいらっしゃるのですか？　指揮官の方は、右手を少し挙げてもらえますか？」

松尾が床に伏せたまま、ゆっくりと右手を上げた。

「失礼、しました！　どうぞ、お立ち下さい。ゆっくりと」

松尾が立ち上がり、姿勢を正して敬礼した。

「自分は、水機団長の松尾陸将補だ。君も名乗ってもらおうか？」

「恐縮です、将軍！　自分は、解放軍の宋勤中佐であります。日本式に、読みは〝ゾウ〟で結構であります。陸戦兵団ではなく、秘密ではありませんが、ある特殊部隊を率いています」

「〝蛟竜突撃隊〟だろう？」

「はい。ご存じとは、光栄です」

「われわれをどうする？」

「ひとまずは、負傷兵の手当が最優先だと思いますので、まず、ここにある銃器を回収し、皆様の簡単な身体検査を行った後、負傷者の手当をみんなでしましょう。われわれも協力します。なので、皆さん、大人しく……、大人しくというのは、失礼な表現ではありませんか？……。でしたら大人しく、したがって下さい。それだけ、負傷者の生存率が上がる」

まず、あちこちに置かれた銃を集め、身体検査をした。ピストル・ホルスターのピストルを抜き、バヨネットを回収した。

団指揮所を制圧したなんて、自分でも、信じられなかった。

賀曹長がやっと現れた。

「中佐、ブリッジを制圧、艇内を捜索し、機械室も制圧。サボタージュされる危険はありません」

「曹長。おったまげたよ。ここは団指揮所で、そこにいるのは、将軍様だぞ。ウォーキートーキーが補給品に入っていたよね？」

「ええ。しかしここでは通じません。たぶん提督は、貴方が出ないことで心配していることでしょう」

「島の反対側へと向かったら、ウォーキートーキーで本隊と連絡を試みる。で、繋がらなかったら、沖合から発光信号で合図し、なんとか、われわれが味方であることを認知してもらおう。何というか、舞い上がってしまいそうだよ」

「同感です。今日までの不運が全て吹き飛ぶような戦果ですね」

治療に当たる隊員以外は、外に出して、両手両足をロープで巻いた。ただ残念なことに、医薬品は降ろした後で、個人携行のターニケットやケタミンのキャンデイしか残っていなかった。

衛生隊員が二人乗っていたが、彼らには、輸液もなければ、その技術もなさそうだった。気の毒に、ここに寝かされた兵士の半分は、一時間も経たずに命を落とすことだろう。

モジュールの床に、どんどん血が溜まっていった。

松尾は意気消沈していたが、宋中佐は興奮していた。だから、壁際に立たせたままの幕僚スタッフにしばらく気付かないほどだった。

ようやく、銃を降ろせる雰囲気になると、宋は、我に返り、松尾の前に進み出て、改めて敬礼した。

「閣下、失礼をお詫びします」

「閣下は止してくれ。自衛隊の将軍は、君らが思うほど偉くはないのだ」

「では、将軍で——。幕僚の皆様は、床に座って下さい……」

だが、その床は、艇が揺れる度に、海水と血が入り交じって、波のように洗われていた。赤く染まった海だ。それは赤い暗視照明の下でも不気味だった。

「ちょっと無理だな。椅子にでも座って下さい。テーブルを間に挟めば、飛びかかってくるのも無理でしょう。それで……、将軍。このボートが、負傷兵を収容しているとか、指揮所として使われているのは知りませんでした。本当に申し訳無い」

「大金星だな……」

「キンボシ？　ああ、そういう意味ですね。ええ、そうです。これまで酷い負け戦でしたが、やっと運が回ってきた」

「負傷者を何とかしてくれ」

「そうしたいところですが、ここには軍医はいないし、たぶん皆さんよりはまともな医薬品を持っているとは思いますが、残念ですが、出来ることはありません。でも上陸地点には、潰れていなければ、野戦病院があり、軍医もいます。将来、自分が何かの罪で告発されても、負傷者に対して、最大限できる努力はしたと胸を張れるよう最善を尽くします。われわれ解放軍は、人権も、ジュネーブ条約も尊重します」

「君らには、増援があったのか？　補給も」

「ああ、それは、機会があったらお話しします。複雑な経緯？　経緯という奴でして」

「日本語が上手いな」

「有り難うございます。日本研究で食べていくつもりだったのですが……。中国人にとっては、日本語はそんなに難しくない。日本人にとっての北京語習得は大変らしいですが」

「で、どうする？」

「そうですね……、ひとまず、島の北東側へと避難したいと思いますが……」

「あのあたりはもう更地だぞ。Ｐ‐１がそれなりの攻撃をした」

「はい。ただ、自分たちが指揮所として使っていた辺りは、もう誰もいなかったはずです。部隊長を始め、陽動の攻撃に出たはずですから。これは、大逆転ですね……」

「残念だよ。上陸する前に、私の戦いは終わってしまった」

「済みません。本当に申し訳無いです。しかし、エア・クッション艇は揺れますね」

何かに掴まっていないと、身体が持って行かれそうだった。

だが、上陸した部隊は、それどころでは無かった。誰も、エア・クッション艇が乗っ取られたことに気付かなかった。


土門は、まだ負傷兵の手当に当たっていた。このランディング・ゾーンの状況を改善し、次の部隊を迎え入れることが最優先だと思った。

ところが、突然、海側から撃ってきた。燃えさかるオスプレイの残骸を盾に匍匐前進し、周囲の状況を観察した。

一人で応戦するには、数が多すぎた。分隊規模の纏まった兵隊が、何カ所かから上陸している。

反撃を試みる水機団の隊員が、十字砲火を浴びて次々と斃れていく。

土門は、焼けるエンジンの熱気に耐えながら、チッ！　と何度も舌打ちした。手榴弾の一個もあれば出来ることがあるが、自分は今、ピストル一挺しか持っていないのだ。姜小隊は、全員稜線の上だし、原田小隊も全員、民間軍事会社の応援へと回った。指揮所は相変わらず応答せず、無線中継も断線したままだ。

恐らくそれぞれの分隊長が上手く立ち回ってくれるだろうことを祈るしかなかった。

敵はしばらく、その辺りをうろちょろして、迂闊に撃ってくる味方に応戦していたが、ようやく姜小隊の一個分隊が降りてきて、プレッシャーを加え始めた。四〇ミリ擲弾に、ショットガンの発砲音が心地良い。

敵は、潮が退くように、北へと脱出を開始した。

土門は、そこでようやく敵の戦術を理解した。

戦線を突破して面を制圧するのが目的ではない。海から上陸する部隊のために、こちらの注意を惹き付け、なお彼らの退路を確保するのが目的だ。

土門は、やっと通じた無線で、「前後から挟撃されるから応戦は控えて、敵を通してやれ！」と命じた。今の解放軍の士気はべらぼうに高い。勝てるとは思えなかった。

ようやく起き上がり、泥を払って歩き出す。戦闘服のあちこちから焦げた匂いと煙が上がっている。あちこち火傷しているのがわかった。

姜三佐が、飛び出して来た。

「大丈夫ですか！　ボス――」

「指揮所はどうなっている？」

「至近弾の爆風でラックが吹き飛びました。隊員は無事です。あと、通信アンテナまでのケーブルが、それで断線し、復旧に時間を要しました。遅くなりました」

「まずは負傷者の手当だ。ここに原田がいないのは痛いな。海側に見張りを置け！　敵は海からも上がってきた。俺は指揮所に戻る」

「了解。ランディング・ゾーンを確保し、海側を警戒します。これ、新手の増援ですか？」

「そうとしか見えんがな。それにしては寡兵だった」

何もかもしてやられた！……。

指揮所に戻ると、バラクーダ・ネットが吹き飛び、パネルを置いていたラックが斜めになってネットに引っかかっていた。

待田らが、それを起こすところだった。

「すみません。アンテナのラインを復旧させるのを最優先にしたので。断線箇所を探すのに手間取りました」

「次からは、断線に備えて、ラインは二重に、もう一本確保すべきだな」

「同感です」

　ラックをまっすぐにし、ネットを張り直し、偽装用の小枝もまた飾り付けを始めた。待田がモニターやパソコンをチェックする、幸い、割れたモニターは一つだけだった。

だが、アイガーが精魂込めて作った魚釣島鳥瞰図は、結構ボロボロに破れていた。

　土門は、疲れた顔で、丸太に腰を下ろした。

「犠牲はどのくらいだと思う？」

「オスプレイ二機が墜落。一機は、客を降ろした後で、パイロット・クルーのみ。一機は満席状態。この二機の損失だけで、恐らく三〇名が戦死しました。続く迫撃砲攻撃は、なまじ着弾修正せずに撃たれたせいで、着弾がばらつき、散開した水機団隊員を襲いました。たぶん、最低でも二〇から三〇名は、戦死したのではと……」

「辞表だな。辞表を書いて、俺はやっと引退だ……」

「われわれの責任ですかね？」

「ランディング・ゾーンの安全を宣言したのは俺だぞ。滑走路クリアを宣言して離陸許可を出したコンコルドが、何かの破片を踏んで燃料タンク破壊、墜落したら、それは管制塔の責任だろう。安全を約束したんだからな」

「しかし、今は出来ることをやらないと。水機団長はどこですか？　指揮所開設の確認が出来ないと、上から言ってきました」

「そんな暇はないんじゃないか。俺は見てないが、どこかで無事だろう」

　オスプレイが一機突っ込んで来て、ランディング・ゾーンに強行着陸する。医療チームを載せて来てくれたみたいだった。重傷者をまず運び込んで離陸していく。次に、ＣＨ‐47が着陸し、遺体や、次の負傷者を運び込んで離陸していく。

藪の中から、次から次へと負傷者が姿を現した。そこいら中に、マグライトが投げられ、ランディング・ゾーンを照らしていた。もう戦争どころではなかった。

通信が回復し、待田が、味方の損害を確認し始める。民間軍事会社に戦死一名、重傷二名。台湾軍海兵隊が、一名の重傷者を出していた。原田小隊は、軽微な怪我だけで済んだ。

正面で長い時間銃撃戦を繰り広げ、それだけの犠牲で済んだのは、銃座や防御陣地を、それだけの時間を掛けて構築したお陰だった。

辺りは、明るさを取り戻しつつある。

土門は、ふと顔を上げると、原田一尉が立っていることに気付いた。全身から血の臭いが漂っている。両手は血にまみれていた。

「なんで、お前さんがここにいるんだ？……」

「さっきのオスプレイで、医療団として降りて来ました。一応、戦死者、銃創患者は全員収容しましたが、藪や林の中で倒れている隊員がいるはずなので、水機団が捜索を始めています」

「いや、そういうことじゃなくてさ、君は感染してないの？」

「はい。客船に派遣された医療団の許可を得て、本隊合流しました。それより隊長、まるで亡霊のようだ。大丈夫ですか？　あちこち、火傷しているみたいですが」

「火傷程度で死にゃあしないだろう」

「死にますよ！」

「だからな、俺のことは放っておいてくれ！　ブレイクスルー感染とか、サイレント感染とかあるだろう。コロナだって、自覚症状が無いのに、ウイルスをばらまいていた」

「その心配はほとんどありません。ここでも検査するつもりですが、自分の感染はありません。それは少し複雑な話でして、まずはこの状況を把握して対処しないと」

土門は、今にも爆発しそうな顔で、目を瞬かせた。

「水機団長の所在がわかりません。高級幕僚も通信班員も行方不明のようですが。エア・クッション艇から降りたのですよね？」

「そりゃ、降りただろう。俺も、さっさと指揮所を開設しろと催促したから。あの時にはもう迫撃砲は黙っていた。一発食らって全員戦死なんてことはあり得ない。本当にいないのか？」

「自分は、それを探すのが仕事ではありませんが、いかなる呼びかけにも応答はないそうです」

「変だろう、それ。ガル、エア・クッション艇は攻撃を受けたか？」

「稜線上で、姜小隊の見張りが、撤収していく二隻のエア・クッション艇を確認しています。残念ながらおおすみ僚艦からの出撃は中止されましたが」

「なら、上陸した敵部隊とばったり出くわして武装解除され、全員、連れ去られたとかか？」

「そういうことが起こったら、誰かが目撃しているはずです」

「もう少し、ちゃんと明るくなるのを待とう。今はそれどころじゃない」

「しかし、水機団を指揮する人間がいないとなると、いろいろ不便ですが？」

と原田が言った。

「指揮って言ったってさ……。この状況下で、死体や人体の破片を集めて、負傷者を探すだけだろう？」

「それでも指揮官は必要です」

「わかった。姜三佐に伝えてくれ。暇が出来たら、水機団長を探せと。君は、自分がすべきことをしたまえ。俺は、ここで世捨て人にでもなる……」

戦死者の遺体は、手足が揃っているものは全て回収したはずだったが、次から次へと藪の中から見つかった。まだ生きているのに、誰も気付かない重傷の隊員もいた。原田が忙しく駆け回り、止血し、輸液し、近くで待機しているオスプレイを呼んでは、載せていく。

きりが無かった、何より辛いのは、見つかるのは味方隊員の遺体や負傷者だけで、解放軍兵士の戦死者は一人もいなかった。まるで島津の退け口だ。敵の本陣に寡兵で突っ込み、見事攪乱して脱出に成功していた。

一時間が経過し、もうこれで負傷者も戦死者も全員収容できたと判断できたところで、原田は指揮所に引き揚げた。すっかり夜は明けていた。

そこで、また新たな状況が生じていた。指揮所は、機能を完全に回復し、モニターも蘇っている。スキャン・イーグルの映像も受信出来ていた。

土門は相変わらず、丸太に座り込み、頭を抱え込んでいた。

「なあ、原田君。エア・クッション艇が、一隻行方不明になっているそうだ。海自から、捜索依頼が出ている」

「沈没したのですか？」

「なら、海自が自分で気付くさ。そこにいるらしい……」

と、スキャン・イーグルのモニターに顎をしゃくった。

スキャン・イーグルが、高度を取って魚釣島を見下ろしている。島の東側やや北に、エア・クッション艇一隻が止まっていた。舳先を西側に向けて、時々、ファンを回しては定位置に留まっている。そうしないと、速い潮に流されるのだ。

「なんですか？　これ」

「連絡がとれない。無線にも出ないらしい」

「は？　敵に乗っ取られたのですか？」

「唯一、合理的に解釈すると、そういうことになる。水機団長は、指揮所を移さず、船上に留まっていた所に、敵の襲撃を受け、反撃する間もなく占領、鎮圧されたということだ」

「ということは、団司令部の、秘話機能付きデジタル無線機や中隊用無線機、衛星無線機、全て、敵の手に渡ったということですよね？」

「そういうことになる。だから、今、全部隊に通信制限が掛かっている。スクランブラー変調の新しいデータが届くまで、使うなとな」

「へぇ……。どうするんですか？」

「俺に聞いている？」

「こういう混乱した状況を収められる人間は、他にいませんよね？」

「煽《おだ》てられても、何も出てこないな……。遺体はカウントした？」

「ええ。でも無意味になりましたね。あのエア・クッション艇には、最初の重傷者を担ぎ込んだはずです。治療を受けられなければ、大半が死にます。何か、策を考えないと」

「君に全部任せる」

「了解です。何か考えます。さっさと立ち直って下さい！　水機団を指揮してもらわなきゃ困ります！」

「中隊長とか、どこかにいるだろう。彼らにやらせておけ」

　土門は、また頭を抱え込んで、「何もかも悪夢だ……」とぼやいた。

第七章　凱旋

エア・クッション艇を乗っ取った宋《ソン》中佐は、味方との連絡がなかなか取れなかった。最近の対戦車ミサイルは、射程距離が長い。

だから、海岸から五キロ以内には近づけない。携帯式地対空ミサイルですら、その気になれば、洋上の目標を狙うことはできた。

急がねばならなかった。早くどこかに停泊せねば、燃料が持たない。心苦しいが、いざという時は、捕虜を乗せたまま、兵を纏めてこの島を脱出しなければならないのだ。

ウォーキートーキーは通じず、緊急用周波数も使えず、発光信号にも応じる者はいなかった。

そこで、ぎりぎりの安全策を取りつつ、辛うじてビーチングできそうな場所に向けて前進を開始した。発光信号を発しつつ接近するのだ。そうすれば、こちらに攻撃の意志がある者は、陸側に何かを伝えようとする意志がこっちにあることに気付いてくれるはずだ。

二キロまで接近した所で、ようやくウォーキートーキーが通じた。

万《ワン》参謀長が出て、「攻撃禁止の命令を確実に伝達するまで、もう二〇分待て」という命令があった。

長い二〇分だった。その間に、別の動きもあった。艇の無線機に、北京語で呼びかける声が入った。

そちらに乗っている負傷兵のために、まず医薬品をドローンで届けたい。受け入れてもらえるか？　ということだった。拒否する理由はないので、「受け入れる」と応じた。まさか、味方が乗っているボートに、爆弾を落とすようなことはしないだろうと思った。

わりとすぐ、四角いボックスを下げたオクトコプターが飛んで来た。荷物を回収すると、オクトコプターはまた離陸していく。

宋中佐は、離陸するカメラに向かって敬礼してやった。

猫の額のような、砂浜とはとても呼べない岩場に乗り上げて、エア・クッション艇はようやくエンジンを止めることが出来た。燃料は、大陸沿岸部まで帰れる程度は残っていた。台湾の基隆ならもっと近い。

タラップを降ろすと、姚彦《ヤオイエン》少将が、破顔する様な満面の笑顔で乗り込んできた。警備を交替する歩兵を連れていた。

「まさに凱旋だな！　宋中佐、君はまたとんでもない大物を釣ってくれたな」

「ええ。持ち帰るのも大変でしたよ」

「君の分隊だけ誰一人現れないものだから、てっきり沈没したのだろうと思ったんだ。作戦は、大成功だった。潜水艇部隊で、戦死した者は一人もいない。全員が合流できた。正面突破を試みたわれわれは、五名の戦死者を出したが、この戦果で報われた。さて、敵の指揮官を紹介してもらおうか」

モジュールの床は、赤く染まった海水がちゃぷちゃぷしている。この一時間ちょっとだけでも、三人の負傷者が亡くなっていた。

提督は、すぐ軍医を呼ぶように命じた。衛生兵の手に余る重傷者がそこにいた。

モジュールの奥で、提督は、松尾陸将補と向き合った。

「お目に掛かれて光栄です」と英語で話し掛けた。

「貴方が羨ましい、将軍。解放軍には、海軍陸戦隊がいくつもあり、私はその一つの部隊を率いているだけだ。だが、貴方はたった一つしかない日本版海兵隊の指揮官だ。そして、私の英語は、所詮国内でしか通用しないが、貴方の英語は、いつでも好きな時に、本場の人々と会話して、その技術を磨ける」

「東沙島を攻略した作戦は見事でした。この状況下では、他に言葉が見つからない。何を喋れば良いのか……。負傷者の手当をしっかり願いたいし、今ここには、女性隊員もいる。できれば、不要な捕虜は、早めに解放してもらいたい」

「わかりました。軍医が間もなく来ます。腕の良い軍医で、とりわけこの数日は、腕を上げた。戦場に女性がいるのは、良くありませんな。どんなに統率が取れた軍隊でも、事故は起こる。別に捕虜を取るのが目的ではありませんから、可能な限り早くに解放しましょう。本艇には、日本の攻撃を阻止出来る程度の幹部の皆さんに残って頂ければ良い」

「そのお言葉を信じます。早めに実行して頂きたい」

「解放軍軍人の名誉に懸けて、急がせます。ところで、死体袋のようなものはお持ちですか？」

松尾は、隣の畠山に聞いてから答えた。

「持参したが、接岸した時に真っ先に降ろしたようです」

「では、たいへん申し訳無いが、われわれが持参した死体袋で、戦死者を包むことにします。また後ほど、ゆっくりお話ししましょう。負傷兵解放に関して、算段を付けます」

提督が退出すると、軍医が現れて、まずトリアージしてから、ドローンが運んできた医療キットを開けた。

姚提督はデッキに立つと、宋勤《ソンチン》中佐を呼んだ。

「負傷兵は早く厄介払いしないと拙いぞ。これ以上、ここで死者を出すと、後日、あらぬ理由で非難を受けるし、女性兵士は更に拙い、殺気だった男集団の前では、必ず事件が起きる」

「はい。艇の無線機で、日本側と音声連絡が付きます。島の北岸中央部にある岩棚ですが、あそこは周囲が拓けていて、隠れる場所がない」

「あそこは嫌な場所だな」

「大型ヘリが着陸できます。あそこまで、このエア・クッション艇で移動し、負傷兵と、女性兵士を降ろしましょう」

「それで良い。指揮を委ねる。なあ、台湾の空軍が潰滅したら、このエア・クッション艇で、そのまま基隆に乗り付けるというのはどうだ？」

「良いですね。鹵獲《ろかく》兵器にはロマンがある」

「無線機はどうだ？　暗号解読の役に立てば良いが……」

「通信兵に調べさせました。少し驚いていましたね。異様に古いタイプの無線機だそうです。今時、ロシア軍ですら使っていないような旧型無線機ばかりだそうで」

「どこの軍隊でも優先順位というのはあるからな。このエア・クッション艇は、コンパクトで良いじゃないか」

「うちのは、ほとんどこのＬＣＡＣのコピーなのに、でかいんですよね。でも逆に搭載能力は小さい」

「とにかく、急ごう。些事から解放され、この戦果を糧にして、次の作戦を立てる。敵の動きも見なきゃならん」

艇を降りると、雷炎《レイイエン》大佐が待っていた。

「どうだ？　大佐。この戦果は」

「素晴らしいですね。何が素晴らしいと言って、この近くにいれば、攻撃を受ける心配は無い。ここで釣りをしようが水浴びしようが絶対に安全です。指揮所をここに設営しましょう。堂々と出入り出来る」

「本気か？」

「ええ。大まじめですよ。戦果は利用すべきです」

「捕虜を盾にするのはどうなんだろうな……」

「盾も何も、解放はできないし、利用すれば良いじゃないですか」

「そういう行為は、ジュネーブ条約に抵触するだろう」

「この船、コーヒーと電気ポットくらい積んでませんかね」

「あとで調べさせるよ。指揮官と話したというか、挨拶したが、有益な情報が得られるか疑問だ。彼は今頃、こんな所にやって来て、いきなりこういう結果になり、打ちのめされている感じだった。気の毒に」

「われわれからの反撃は、全くの想定外だったはずです。戦術的な評価を下すなら、最高の時間稼ぎになりました。自衛隊は、犠牲を払うことを前提としていない。何十名もが一瞬で戦死した。彼らはしばらく呆然とし、この島の存在を思考から締め出そうとすることでしょう。否認、怒り、取引、抑鬱、受容という、悲しみの五段階をこれから経験する。国内は混乱し、数日後、ようやく現実と向き合おうという態度が芽生え、さあ、その後はどうなるか……」

「もっと大部隊で押しかけてくるか？　それとも、

双方仲良く撤退しようと提案してくるか？」

「前者の可能性は低い。後者はあり得るでしょう。本国に通信して、この戦果を日本国内でこっそりリークしましょう。ＳＮＳで世論を焚きつける」

「君はプロパガンダ戦も得意そうだな」

「戦わずして勝つのが兵法の極意です」

艇から、宋中佐が呼びかけて来た。

「提督！　日本側と話が付きました。すぐヘリを手配するそうです。自分は、負傷兵を降ろしてきます」

「なあ、部隊の隅々まで、この戦果が知れ渡っていない可能性がある。目立つ場所に五星紅旗を掲げて行け」

「了解であります！」

十分後、船首に五星紅旗を掲げたエア・クッションヨン艇は、そこを離れて、島の北岸中央部へと向かった。地図に〝千畳岩〟と記載されているそこは、隠れる場所もないので、解放軍が移動に苦労させられた場所だった。

遺体袋と負傷兵、そして女性隊員が降ろされた。それでも、まだ艇内には、十数名の指揮所要員と、エア・クッション艇のクルー五名の捕虜が残された。

宋中佐は、ヘリが着く前に、エア・クッション艇を下がらせた。

しばらくすると、機体の下から垂らしたワイヤーの先に白旗を結んだＣＨ‐47が飛んでくる。

着陸すると、機内から担架を担いだ隊員が飛び出してくる。女性隊員と負傷者、遺体袋を収容し、最後に、コンテナを一つ置いて離陸した。赤十字のマークが描かれている。どうやらお礼の医薬品らしかった。

土門は、指揮所の中で、戦死者の数がカウント

されていく様子を見守っていた。ここから逃げることは許されなかった。

待田が、時々メモを取りながらその数字を積み上げて行った。

「CHが収容した戦死者の数をカウントしました。戦死者、行方不明者もカウントして七〇名です――。オスプレイで三〇名、地上戦で四〇名。迫撃弾と交戦による区別は、後方でやってもらうしかありません。この数に、民間軍事会社の数は入っていません」

土門は、軽く頷き、しばらく経ってから口を開いた。

「俺の辞任の意志は、通信したよな？」

「はい。後任を選んで送るような度胸のある人間が市ヶ谷にいるとは思えませんが」

「沖合に沈んだオスプレイの乗員を回収しなきゃならないぞ。それに、今もまだ燃えているオスプレイだ」

「消火用ポンプが間も無く届きます。沈没した機体は、海自の潜水班に任せましょう。今はそれどころじゃない」

水機団の隊員が現れた。体中泥にまみれ、袖口は血にまみれていた。

「陸将補、今、よろしいですか？　自分は、第一中隊長の神田忠司《かんだちゅうじ》三佐であります」

「ご苦労。構わんよ」

と土門は丸太から腰を上げて敬礼した。

「第二中隊長が行方不明であります。死体のドグタグも全て確認させましたがいません」

「ええと、第二中隊長というと、エア・クッション艇の上陸組だよな？」

「はい。一番艇で指揮を取っていました」

「ああ。会ったよ。負傷者をエア・クッション艇に収容しようとしていたので、まず二番艇を接岸させて、指揮官と部隊を先に上陸させろと命じた。で彼は、その一番艇に飛び乗って、二番艇に場所を空けるよう命じたんだが、艇は、彼が降りる前に後退を始めたんだ。で、確か彼は慌ててタラップから飛び降りて……。そのまま水中に沈んでいった。私は、ほんの一瞬、浮かんでくるのを待ったのだが、何しろそれどころではなくてな、浮かんできた所は見ていない。君ら、エマージェンシー・タンクを付けた浮力ベストは着てないのか？」

「いえ、これはそういう任務では無かったので……」

「なんだそれ……。じゃあ、彼は、まだ、そこいらに沈んでいるかも知れん。後でフィッシュに探させよう。済まんことをした。君は、部隊の何パーセントを失ったのだ？」

「自分の中隊から、三〇名の戦死者を出しました。負傷者を含めると、一五パーセントの損耗率です」

「ではもう組織的な戦闘は無理だろう」

「いえ、まだ戦えます！　まともな戦闘もせずに、ここから撤退するなど絶対にあり得ません！　戦死者のためにも、仇は取ります」

「それはだが、俺が決めることじゃないな」

「第二中隊には指揮官が必要です」

「少し大所帯になるが、部隊を再編し、一個大隊として、君が指揮すれば良いだろう。四〇〇人が上陸して七〇名も死んだのか？」

「いえ。自分の部隊は、半数以上は上陸できませんでした。後続のオスプレイはいったん引き返したので。なので、自分の部下は、今ここに、ほんの二〇名もいません」

「四機分の隊員で二〇名、計算が合わないぞ？」

「負傷者も多く出まして……」

「では話はもっと簡単だ。君が第二中隊を率い、本来の隊員はそっちに吸収させろ」

「了解しました。そのようにします。水機団長と幕僚スタッフが捕虜となった今、部隊を指揮する高級幹部が必要です」

「俺は、器じゃない。そもそもこの災禍を招いた下手人だぞ」

「それを判断するのは自分ではありません。とにかく、指揮官が要るんです！　呼んだところで、こんな所には誰も来てくれないでしょう」

「原田小隊長も来てくれたことだし、ここはわれわれだけで回せます。責任を感じているなら、指揮官を率いて後始末すべきでしょう」

待田が口を挟んだ。

「正論を言う下士官は大嫌いだよ……。無線機はあるんだよな？　本土とは連絡が付いていて、指揮官の派遣なり撤退なり、判断の要請はしたんだろう？」

「はい。返事はありません。検討するだの、ちょっと待てだので放置されています」

「わかった。後で行く……」

中隊長が敬礼して去って行く。

「ガル、お前、今の将校さんを知っているか？」

「さあ。でも中隊長だから、空挺出身ですよね」

「俺はさあ、あの人が元気だった頃、何度も、背中に手榴弾を投げつけたくなったことがある。自分がそういう立場になるとは思わなかったよ」

「大丈夫ですよ。水機団はうちみたいなヤクザ部隊じゃない。そんなことはされませんよ」

一瞬、雲が晴れて、日差しが戻ってきた。久しぶりの太陽だった。待田は、その一瞬の晴れ間に、やるべき作業を行った。スキャン・イーグルのコースを工夫し、太陽光線の入射角を計算して、偏光フィルターの効果を期待できるコースで海岸線を飛び、写真を撮った。

静止画をダウンロードし、パソコンで何度か複雑な処理を掛けた。

「いたいた！　こいつですよ。こいつに殺られたんです」

解放軍が支配するエリアの沖に、何か周辺と色が違う物体が沈んでいた。全部で四つ。やや長方形の物体だった。ほぼ等間隔で沈んでいる。周囲より、海の色がそこだけ暗く落ち込んでいた。

「潜水艇です。船体が黒いせいで、海底より反射率が低いから、晴天なら、もっとくっきり見えるはずです」

「なんでこんな場所にいるんだ？　沖合では、哨戒機が飛び回っているのに」

「サイズはたぶん、一〇トンから一五トンでしょう。リチウムイオンか、燃料電池推進。デザインからしても、速度は出ないはずです。たぶん、三、四ノットでしょう。この速度とサイズだと、哨戒機は探知できない。沿岸部から出撃したとなると、二日はかかる。人を運べるようには思えませんね。補給用の無人潜水艇でしょう。短時間なら、スクーバで人を運べるということだと思います。それに乗って襲撃してきた」

「こんなものがあるとお前さん、聞いたことあるか？」

「いえ。ただ、もし可能性があるとしたら、そういう乗り物しかないだろうと思って探しただけです」

「解放軍は、これを何十隻持っているんだろうな」

「数は無いでしょう。あれば、最初からこれを使って襲撃したはずです。試作品レベルでしょう。たまたま成功したが。哨戒艇の爆雷攻撃で簡単に潰せますが、近くには、奪われたエア・クッション艇もいるので……」

「対処は、海自に任せるさ。データを送ってやれ」

どでかいメディックバッグを下げた原田が現れた。

「全上陸者の軽傷度合いの怪我の治療が終わりました。吹き飛ばされた人体の一部は今も回収中。最後の一人が隊長です。何の火傷ですか？」

「炎上するオスプレイのそばに飛び込んで身を隠した。お前、衛生兵でもないのにそんなことしなくてもさ――」

「自分は衛生兵です。火傷するまでなんてどうかしてますよ」

「あの時は、アドレナリンが出まくっていた。君はマスクはしなくて良いのか？」

「誰もしてないのに、自分だけするのも違和感がありますから」

「その、感染していないという自信はどこから来るんだよ？」

「治療を先に済ませましょう」

うっかりグローブを外していた手の甲と、最近薄くなった髪の毛が焼け、鼻の頭が赤く爛れていた。

「鼻は当分アカハナですね。治るまで時間が掛りますよ」

手に迷彩柄の包帯を巻いて治療が終わると、原田は、ちょっと歩きましょう、と土門を立たせて、二人きりになった。そこで、自分がＭＥＲＳの抗体を持っているとわかった経緯を話した。

「……アメリカが仕組んだというのか？　世界中に疫病を広めることになると知っていて。そういうのさ、どう考えても陰謀話だよな」

「自分が、ワクチンによる抗体を持っているというだけでは、本当に陰謀論ですね。点と線。現状では、ワクチンという点だけです。それも、アメリカは隠そうとしているけれど、隠し事を演じること自体が、何かの攪乱戦術かも知れないし」

「当分、胸にしまっておけ。ここは今それどころじゃない」

「自衛隊の犠牲としては、前代未聞ですが、解放軍がここで払った犠牲に比べれば、まだ三分の一以下でしょう。しゃきっとして下さい」

「誰かが撤退命令を出すさ。こんな数、誰が耐えられると思っているんだ。下手すりゃ、内閣が倒れる数の犠牲者だ」

「飛行機事故でもこの数は死ぬんですから。われわれは耐えるしかない」

「一度、稜線に登って、地形を把握してこい。ここは姜に任せる。今の戦力で、解放軍を制圧できると思うか？」

「自分は上陸したばかりですから、その判断は留保します。姜さんに聞いて下さい」

土門は、惨状となったランディング・ゾーンへ向けて、とぼとぼと歩き出した。

敗軍の将、兵を語らずとは言うが、確かに、弁解する理由などどこにもないな、と思った。

民間軍事会社が、使っていた指揮所を水機団中隊に明け渡してくれていた。予定通りなら、暗い内にここに四〇〇名が上陸し、出撃準備を整えた上で、次の四〇〇名が上陸する。そこで、解放軍に和議というか、降伏を要求する予定だった。

神田三佐が、その中隊指揮所で人員と配置を割り振りしていた。

土門が現れると、神田が一人だけ敬礼した。

「皆、楽にしてくれ。私は土門だ。私の名前は、どこにも載っていない。だから、幽霊だと思ってくれて構わない。ここで起こったことは、全て私の責任だ。それで、水機団長が解放されるなり、後任の指揮官が到着したら、私はすぐ引き揚げる。

それまでの付き合いだ。私の名前を覚える必要はないぞ。

敵の兵力が増えた形跡はない。だが、無人潜水艇による大規模な補給があったことがわかった。彼らは今、武器弾薬も豊富に持っている。とはいえ、北斜面の突破は何度も試みて、一度も成功していないことも事実だ。われわれは寡兵で戦線を支えてきた。諸君らは、配置に就いた上で、地形の把握に努めてくれ。水機団の本来の戦い方ではないかも知れないが、水機団はこの島を守るために誕生した。この無人島を守ることにも、何かの意味があるんだろう。あればいいが……。中隊長、報告を」

神田が、手書きの地図が貼られた前に歩み出た。

「はい、陸将補。二個小隊が、民間軍事会社をサポートして、前線の陣地に入り、横に拡がって守備につきました。そこから前方に斥候を出す準備をしています」

「止めた方が良いぞ。そこまでする価値は無い。必要な情報は、ドローンで覗ける。敵は、こちらの狙撃を恐れて、滅多に斥候は出さない。これ以上の犠牲は、しばらく避けたい。賛成してくれるか？」

「わかりました。ではひとまず地形把握に努めるということで。残りの小隊は、武器弾薬の分散と集積に当たっています。戦死者の装備も回収し、弾を集めています」

「それで良い。しばらくは、敵はこの戦果に酔って、仕掛けては来ないだろう。今日一日はないと見る。制空権はこちらにあるし、海自の艦隊も島のすぐ側にいてくれる。われわれは一人ではない。だが先は長い。体力気力の温存に努めてくれ。こういうことになったが、みんな肩の力を抜かないと、持たないぞ……」

全員が敬礼した。不安の中にも、ほっとした雰囲気が見て取れた。

東京からどう言ってくるのか土門は考えていた。自分だけ責任を取れといわれるなら楽だ。だが、結果を出せだの、この数なら押せるだろう？　だのと言われる可能性もある。しかし上陸したばかりの初陣の部隊が、過酷な撃ち合いに耐えられるとは思えなかった。

解放軍は、この数日の負け戦で鍛えられたが、彼らは違うのだ。


寧波飛行場では、撃墜されたY－9X哨戒機の代替機が用意され、整備が続いていた。Y－9X哨戒機にしても、浩菲《ハオフェイ》中佐が開発する空警－600にしても、同時並行的に量産に入っているせいで、代替機は常に三、四機は用意されていた。


ハンガーの中には、空警－600と、Y－9X哨戒機が仲良く並んでいる。

浩中佐の機体は、数日前に、イージス艦からイージス・レーダーの収束ビームを浴びてシステムがぶっ飛んだ。それで大規模な修理を強いられたが、今はどうにか復調しつつあった。寝ずに整備した甲斐はあった。そのお陰で、ステルス戦闘機に狙われたY－9Xに警告を発することができたのだ。撃墜はされたが、自分らの警告がなければ、生存者は一人もいなかったことだろう。

コーヒーが入った魔法瓶と紙コップを持って、哨戒機のラダーを登ろうとすると、天才数学者が降りてきた。何かそわそわした顔だった。

「どんな具合？」

「え？　ええ。まあそこそこ順調ですよ。機体のどこが前のと違うのか僕にはわかりませんけれど……」

キャビンに入ると、鍾桂蘭《チォンクイラン》少佐が、対潜員のコンソールで、少し茫洋とした視線で座っていた。

「ご苦労様。進捗状況はどうなの？」

「たぶん、ソナー関係は問題無いと思います。まずは、LiDARは、相当に調整が必要ですね。陸上を飛んで性能を確認しないと」

中佐は、コーヒーをカップに注いで差し出した。何か、変だった。違和感があった。少佐は、髪が乱れ、口紅も少し滲んでいる。寝起きのような感じだった。いや、寝起きではなかった……。

「桂蘭！　貴方、ひょっとして……」

「どうかしましたか？」

少佐は、震える唇でコーヒーを飲んだ。

「髪が乱れている！　口紅はぐちゃぐちゃ……。フェロモンが全身から出まくっている。貴方、やったのね！」

「声が大きいですよ。それに、もう少しオブラートに包んで……」

「こんな所で？」

「すみません。どうかしてますよね。部下を死なせたばかりなのに、性欲に溺れるなんて」

「いえ、それはいいのよ！　全然良いのよ。死人は出る。でも、死人が出た分以上の愛情を育むことが出来れば、私たちの社会は立ち直れる。どんどんセックスすべきよ！　でも、凄いわねぇ。呆れるというか、彼、どう見ても童貞よね。貴方、わかっている？　あの坊やと一〇歳は歳が離れているって」

「もう立派な大人ですよ。そりゃ、ちょっとまだ子供っぽい所はありますけれど。そこいら中に……」

少佐は、モニターを消して、その反射を鏡代わりにして髪を直して、口紅のラインを整えた。

「どんな感じだった？　ああ、ごめんなさい！

他人のセックスなんて想像するものじゃないわね。大きな声では言えないけれど、私も昔、一度だけ、一緒に飛んでいたパイロットと機内でやったことがあるわ。あれ結構、興奮するのよね」

「別に、衝動的にとか、そういうんじゃないんです。私たち、ラフトの中で丸一日、生死の境を彷徨って、しかも彼に命を救われました。それで、何というか、強い絆が出来たというか……」

「うんうん！　良いわよ、それ。私一人で聞くのが勿体無いくらい」

「黙ってて下さいよ、本当に。戦死した部下に申し訳無いですから。還ったその日に、男と抱き合ったなんて……」

「ええ、私は黙ってますけれどね。本当は自転車に乗って拡声器で叫んで回りたいわよ。少佐はもう立派に立ち直ったと！　でも、みんなすぐ気付くわよ。こんな狭苦しい機内で、丸半日一緒に飛ぶんですから。そこは覚悟しておきなさい」

「すみません。でも、抑えられなかったんです。いろんな辛い記憶が蘇って、こみ上げてくるものがいろいろあって……。この青年がいなければ、自分は生還できなかったんだと思うと、もういてもたってもいられずに、抱きついてしまって……」

「私は応援するわよ。先のことなんて考えなくて良いから、二人でやりまくって、この戦争を生き残りなさい。へぇ……、でもあんな坊やとねぇ……」

「知り合って見ると、良い青年ですよ。見掛け以上に成熟した男です。ガキっぽい所も可愛いじゃないですか」

「はいはい、有り難う。お腹いっぱい！　コーヒー一〇杯くらい飲んだみたいに眼が覚めたわ。飛行服もきちんと整えて、仕事に戻りましょうね。そこらに使用済みのゴム製品とか落ちてないか確認しなさい」

　中佐は、ククッ！　と全身で笑いながら機体を降りて行った。戦争の最中にあっても、喜びは必要だ。いろんな喜びがあれば皆が救われると思った。


　司馬光一佐は、台北のホテルにいた。自分の制服に袖を通すのは憂鬱だった。ここは日本ではないし、自分は任務で台北に来たわけでもない。いわば実家の家業の拡大で、年休を取って来たのだ。

　隠し部屋の会議室に移動して待っていると、海兵隊元司令官で、退役海軍中将の王志豪《ワンチーハオ》提督と、彼の遠縁でもある、台日親善協会の王文雄《ワンウェンション》が連れだって現れた。

「いやぁ、光君。君はいくつになっても、やはり軍服が似合うな」

「よして下さい。煽てられて良い気分になれる状況じゃありません」

「ニュースを見ましたか？」

　司馬は首を横に振った。

　司馬が「フミオさん」と呼ぶ文雄が、テレビを点ける。北京発ロイター電の臨時ニュースをキャスターが読み上げていた。

　解放軍が、魚釣島で攻勢に出て、日本のオスプレイを多数撃墜、艦船の奪取にも成功し、敵の司令官を捕虜にしたらしい、と報じていた。

「何なの？　これ」

「少し、大げさな話にフレームアップされていますが、ディテールはそれに近い。上陸を試みたオスプレイ二機が撃墜、水機団長が乗ったエア・クッション艇が強奪され、自衛隊の戦死者は、七〇名に達しています」

「はあ？……、まさか。土門さんが現場にいて、そんなヘマをしでかすはずがないでしょう」

「解放軍は、小型潜水艇を使って補給し、それを使って背後から上陸してきたらしいです。土門将軍は、すでに辞表を書きました」

司馬は、椅子に座り込んで、肩を落とした。

「本当に本当なの?……」

「はい。派遣した台湾軍に、数度確認させました。土門さん、相当落ち込んでいるみたいです。でも幸い、彼の部隊には、まだ戦死者は出ていません。慰めにはなりませんが……」

「いったいどんなヘマをしでかせば」

「それでだな、日本政府だが……」

と老提督が話を引き継いだ。

「率直に言って、酷いパニックに陥っている。当事者能力を喪失して、市ヶ谷の連中もそうだがな。将官連中がみんなで夜逃げしそうな雰囲気らしいぞ。私が頭に来ているのは、水機団は、それなりの予備兵力を、すぐそばに置いているのに、増援を出す気配が全く無いことだ。君らが、当事者能力を喪失したのであれば、われわれはすぐにでも海兵隊を送り込めるぞ。解放軍が勢いづく前に、島を制圧した方が良いだろう。でないと、後々あの島は、頭痛の種になる。解放軍が台湾に上陸した後では、もう構っている暇はない」

「水機団は、どのくらいの数が上陸できたの?」

「一個中隊はいます。ですから、数だけで言えば、こちらが優勢です。ただ、士気は酷いものだそうですが。三日三晩待たされての初陣で、この犠牲は、ショックが大きいでしょう」

「うちの海兵隊の連中はな、指揮官まで捕虜に取られては、あの部隊はもう立ち直るのは無理だろうと言っている。だから代わりに戦ってやる。解放軍を殲滅してやるさ」

「その後は、どうするんですか?　大人しく引き揚げてもらえますか?」

「わしはここで、必ず引き揚げると言えなくもないが、その後で、総統府や軍がどう考えて行動するかは、何一つ約束できないことも事実だ」

「論外です。自分の土地なんですから、自分で処理しますよ」

「その覚悟と決意が、日本政府に無かったから、このザマになったのだろう?」

「ちょっと、考えさせて下さい。そちらの提案は、本国に伝えます。この際、台湾軍に救ってもらおうと考える政治家もいるとは思いますが」

「司馬さん、さすがにこのニュースは、日本でも流れるでしょう。すでにSNSのフィードとして急上昇している。日本政府にとって、大きな政治的リスクになります」

「七人ではなく、七〇人……。あんな価値もない無人島のために……」


司馬は、心ここにあらずで呟いた。

「しっかりしてくれ。誰かが土門将軍を支えてやらにゃならない。われわれは部隊として支えてやるが、彼個人を支えるのは、お前さんの仕事だ」

「はい、ええ……。まずは、政府の判断を待ちます」

自分の教え子たちが、つまりその数、戦死したということだ。いろんな意味で、葬式の梯子とか真っ平だと思った。


魚釣島で自衛隊がボロ負けしたという情報は、あっという間にネットを駆け回った。記者達は、市ヶ谷の防衛省や官邸に押しかけたが、防衛省は固く門を閉ざし、官邸で、対応する閣僚は人前に姿を見せなかった。

だが終日、永田町周辺からは、魚釣島惨敗の噂が流れ続け、ついにＮＨＫが、臨時ニュースを流すに至った。「陸自隊員、魚釣島にて、相当数戦死か?」と。

ＮＨＫにしては全く珍しく、「?」マーク付きの臨時速報だった。

第八章　総辞職

松尾陸将補と畠山高級参謀は、エア・クッションを降ろされ、岩礁の上に広げたテーブルセットに着いていた。それは指揮所に設置する予定で水機団が持ち込んだものだった。

宋勤《ソンチン》中佐の隣に雷炎《レイイエン》大佐が座っていた。姚彦《ヤオイエン》少将が上座に座り、艇内で湧かしたコーヒーをいれていた。

宋中佐が、雷炎大佐も、実は熱心な日本の研究家であることを紹介した。読むだけなら、日本語も大丈夫だと。

「旧日本軍でも、太平洋戦争当時の、南洋での島嶼戦を研究しているそうです。東沙島からの戦いでも、彼の知識が大いに役に立ちました」

「それは珍しい」と松尾は英語で応じた。

「あの時代の戦い、特に南洋での戦いを研究している人間は、われわれ自衛隊でも、もう僅かです。そもそも、太平洋戦争の勉強自体、最近は不人気でしたね」

「ほう、それは珍しいですね。なぜですか？」

と姚提督が聞いた。

「ひとつには、何しろ負け戦です。どこへ行っても負け戦ばかりです。ご存じの通り、その負け戦は、南洋ばかりでは無かった。大陸でも、負けてばかりですよ。大陸で白旗を掲げる前に、対米戦で負けたから、中国が勝利を実感するには時間が掛かったでしょうが。国共内戦もあったことだし。第二に、状況があまりにも古すぎる。当時はミサイルもドローンもない。そんな時代の戦術を学んで、今の時代に何の役に立つのかと……」

　提督が深々と頷いた。

「それはありますな。われわれも同様です。昔は、新兵相手に〝赤壁の戦い〟の話をすると、皆身を乗り出したものです。今は、そんな話を始めようものなら、ロシアのハイブリッド戦争を学んだ方がまだ役に立つのでは？　と反論される」

「悩みは同じですな。しかし、お宅の軍は立派だ。一人っ子世帯で、優秀な兵士を集めるのは大変でしょう」

「全くです。われわれは一応海軍ですが、水兵としてそれなりに使いものになるには、一〇年はいてもらいたいが、ここしばらくは世間の景気が良くて、どんなニンジンをぶら下げても、次から次へと辞めていく。新兵募集には苦労しています。特に、こういう戦争があると、一時的に募集事務所が若者で賑わうが、だいたい後で親が怒鳴り込んで来て、無かったことにしろ！　と喚く。われわれには、空母を量産する金はあるが、それを動かす兵隊はいない。一四億もの人間がいてもね」

「日本には、それを動かす人も造る金も両方ない。海上自衛隊のような職場環境が厳しい部隊は、だいたい家系の商売として息子達が引き継いでいるのが現状です。西側では、軍隊は古典芸能みたいなものですよ」

「畠山大佐は、何がご専門なのですか？」

「自分は、歩兵が専門なのですが、なんでも屋です。最近の自衛隊では、抜擢《プロモート》というのがないのです。全ての部署を順繰りで回らせて、無難にやり遂げた者を出世させる。外れは出ないが、決して当たりも出ないという人事です」

「なるほど。解放軍は、人員縮小に走った後、今また拡大期に入っているが、それが一段落すれば、同様の組織病を患うことでしょうな。今は、ポストが有り余っているから、冒険も出来る」

「羨ましい限りだ」

捕虜という立場なのに、話が出来るというか、話が合うことが不思議だと松尾は思った。中国経済は、こんなに順調に拡大しているのに、わざわざ軍隊で一生を過ごすなんて、どんな物好き連中だろうと見下していたが、全くまともな軍人揃いだ。

その事実を知って、二人とも少なからずショックを受けた。

北京市郊外を抜けた先にある、西山《シーシャン》国立森林公園にある解放軍地下軍事司令部に、全身防護衣と、二重のマスクに帽子まで被った男が現れた時、外は小雨が降っていた。

だが、巨大な空間を使い、空間の両側に立つビルの中央通路では、隔離患者を運び出す救急車のサイレンが回っていた。

国防省が入る八一大楼《パァイータァロウ》も汚染され、ついにここまで感染者が出てしまったのだ。この軍事司令部に籠もる将校らも、今は全員マスクを着用している。だが、何しろ地下空間を利用した司令部だ。換気には限界があった。

中央弁公庁副主任の潘宏大《パンホンタァ》は、「この大げさで、酷い格好を許してくれ」とまず詫びた。

「中南海に、あのウイルスを入れるわけにはいかんのでね」

「わざわざこんな所までいらっしゃらなくとも、電話で済む話ではないのですか?」

人民解放軍総参謀部作戦部特殊作戦局局長兼特殊戦司令官の任思遠《レンスユアン》海軍少将は、奥まった部屋のデスクから立ち上がりながら出迎えた。

「いや、それが、指導部の皆さんがいたく喜んでくれてね、ぜひ直接出向いて、その党への献身を称え、激励せよと仰るものだから」

「それは、現場の兵士に言ってやって下さい。だいたい、まだ島を奪い返したわけでもないし、それはもう無理そうだ」

「いやぁ、これはたぶん、中国映画界始まっての、超大作映画になるぞ。私の役は誰にやってもらおうかと悩んでいるくらいだ。あの無人艇を黙って島に発進させるべきだと強硬に提案したのは君だ。あの時はまだ、こんな悲壮な戦いになるはずではなかったにもかかわらずにな」

「いいえ。自分は十分、予測していました」

「いずれにせよ、あの、ただの貨物船水中ドローンが、特殊部隊の潜入工作に使えるからと、あれをつけろこれも付けろとしつこく要求し続けたのは提督だろう？　君の発想の豊かさに、人民は救われた。現場部隊に伝えたまえ。何なら、好きな時に、あの鹵獲兵器に乗って、捕虜にした間抜けな将軍を連れて戻ってこいとな。もうこの国内のお祭り騒ぎだけで十分だ。人民は戦勝気分に湧いている。ロイターなんぞという普段、人民の仇みたいな西側の外国メディアに、よくぞスクープしてくれた！　と激励のメッセージが相次いでいるほどだ。戦場で勝ったわけではないが、もう戦争には勝った。日本の内閣は、当事者能力を失い、空中分解しかけている。このまま台湾との戦争に突入しても、日本は蛇に睨まれた蛙みたいに、硬直して卒倒するだけだろう」

「そうなれば良いですね」

提督のその顔には、お世辞で頷いてやるが、そんなことには絶対ならないと出ていた。

「まあいい。とにかく、指導部の感謝の意を伝えに来た。次は、例のハイブリッド戦争だ。準備はどうかね？」

「第一陣は、すでに日本に潜入済みです。もちろん台湾にも。それなりの働きが出来るでしょう」

「気の毒だね。文明社会にどっぷりと浸りきった日本が、石器時代に逆戻りするなんて。われわれの度重なる警告を聞かないからだ。アメリカは指先一本、貸してくれないのに、中国と戦おうなんて身の程知らずな奴らだ」

　中央弁公庁副主任が去っていくと、「さて、身の程知らずなのは、どっちということになるか……」と任提督は、ひとり呟いた。

　上海、国内安全保衛局のセーフハウスでは、この半日、大陸西方域にある某巨大サーバー・センターと繋ぎっ放しにされた回線が、遂に廃坑から金を掘り当てていた。

　アラブ系のＣＩＡエージェントは、やはりここ上海に、事件前に訪れていた。その証拠写真が出て来たのだ。

　モニターに表示されたのは、ある市場でのカットだった。わりと正面に近い角度から写され、顔の輪郭がよくわかるカットだった。

「やはりな……。ここからが大変だ」

蘇躍《スウユエ》警視は、難物を掘り当てたという顔だった。

「この一枚しか出て来ないみたいですね……」

と秦卓凡《チィンチゥオファン》警部が尋ねた。

「いや、まだある。だがそれは、何というか、深いんだ。この千里眼システムは、過去のデータを自動的に削除することで、毎日新しいデータを上書きしていく。何しろ、監視カメラは増える一方だから、そのデータ量は日々膨らんでいく。だが、全てのデータが上書きされるわけではない。ＡＩが、特徴的な一枚一枚を選別して可能な限り、それを残そうと努力する。たとえば、市場の通りを見下ろすカメラのデータを、毎秒撮影したとして、それを全て残すことに意味は無い。せいぜい五分くらいでそこを通る人間は入れ替わると想定して、その中の一枚だけを残すんだ。そして残りのデータを上書きしていくわけだが、必ずしも、そのデータ領域が上書きされたとは限らない。残っている場合もある」

「犯罪データの復活と同じですね。消去はしたが、それはただ消しても良いというコマンドを送っただけで、実際は消えていないという」

「そう。それだ。この一枚を頼りに、今度は、そういうデータと照合して、彼の足取りを追うことになる。これも根気が要る作業だ」

「ピザが欲しいですね」

「ま、働くのは俺じゃない。サーバーだ。それを動かす大電力と、システムを冷やす膨大な冷水さえあれば良い。今、この瞬間も、どこかの山奥で、この巨大サーバーに、ダムから電力と水が送られている。それが二一世紀の超監視社会の命綱だ」

それにしても、腹が減ったと秦警部は愚痴りたい気分だった。


豪華客船の中では、外務省の九条が、亡くなった代表団長の部屋で、カラオケ用の大型モニターでニュースを見ていた。

バイオリニストにしてボランティア・スタッフの是枝飛雄馬《これえだひゆうま》が現れると、ボリュームを絞り、距離を取って向かい合った。

「浪川さんの具合はどうですか？」

「若いだけあって、快復は早いそうです。明日にはもう全てのチューブも外れてベッドから降りられるそうです」

「それは良かった。率直に言って、お年寄りが亡くなるのは寿命だが、若者が疫病で死ぬなんてのは辛い。要件は、言うまでも無くお父様の件です。貴方を客船から降ろせと言って本省に乗り込み、どこで入手したのか、私の携帯番号にもひっきりなしに電話を掛けてくる。もう電源を落としました。電波が通じない所にいることにして。本省との連絡は、同僚の携帯を借りて行っています。それで、あまりに酷いということで、うちの事務次官が、官房長官から一言、注意をしてもらったのですが、どうもあまり効き目が無かったらしい。

それで、最後の手段を貴方にお願いしたいのです。たった一回で良いから、先生に電話を入れてもらいたいんです。別に、選挙区を継ぐとか、そういうことは求めません。ただ、下船する意志がないことと、それと、できれば、われわれ役人にあまりしつこくしないで欲しいことをやんわりとお伝え頂ければと……」

「僕は、九条さんにお詫びすべきですか？」

「とんでもない！　あのテロリストと五分に渡り合って、情報提供してくれた。本来なら、外務省から感謝状の一枚も渡すべきです」

「何度も言いますが、あの男は、父親でも何でもありません。赤の他人です」

「わかっています！　ただ、人間は過ちを犯すものです。彼は彼で後悔し、お母様との関係を修復しようと試みたこともあったかも知れない」

「夜の銀座での乱痴気騒ぎを週刊誌にすっぱ抜かれるような男がですか？　正直、選挙民のレベルが知れる。そんな低次元な地域に行って、馬鹿な有権者に選挙の度に頭を下げるなんて、プライドのある人間がすることじゃないでしょう」

「そこは、われわれ宮仕えの立場にも同情して下さいとしか言えませんが」

ＮＨＫの画面が突然官邸の記者会見場に切り替わった。〝内閣総辞職、総理大臣辞意表明〟とテロップが流れていた。

「突然、驚くな……」

「内閣総辞職なら、あいつも防衛なんとかいう肩書きが外れて、ただの与党政治家になるんでしょう？　相手をしなくても済む」

「いやいや、与党政治家というだけで、われわれ官僚には、十分、脅しに使えますから……」

画面に現れたのは、官房長官だった。憔悴しきっていた。一字一句、メモを外れることなく読み上げた。
1、尖閣諸島海域で、自衛官が多数殉職した。どういう理由で殉職したかの状況には答えられない。
2、わが国政府は、今も、忍耐力を持ち、関係各国と、交渉中である。国民の皆様におかれては、それを静かに見守ってもらいたい。
3、しかしながら、内閣は、その努力不足の責任を痛感し、ここに総辞職するものである。ついては、内閣が負う全ての責任と国事行為は、官房長官が引き続き務めると同時に、与党内にて速やかに次期総理大臣が選出され、国会で指名承認、皇居にて認証式が執り行われることを期待するものであります。
以上、質問は受け付けない。

「はあ……。次の総理は誰が指名されるんだろう。こんな時に、わざわざ火中の栗を拾う物好きな人がいてくれれば良いが。事実上の戦時内閣になる」

「誰がなっても一緒じゃないですか」

「いゃあ、そうでもないんですよ。とりわけ外交はね……」

九条は、いったいどんな物好きな政治家が、こんな時に手を上げてくれるのだろうとぼんやり思った。


横田・航空総隊司令部。エイビス・ルームでも、そのニュースは見られていた。

「あらあら……。兵隊は命を懸けて戦っているというのに、肝心要の政府では、こんなにも胆力のない連中が、国を動かしていたなんて情けないわねぇ……」

と喜多川二佐が呆れ顔で嘆いた。

隣の新庄藍一尉は、全く関心なさそうに、米軍から提供されたF‐15EX〝イーグルⅡ〟戦闘機のフライト・マニュアルをタブレット端末で一心不乱に読み込んでいた。これは、異次元の戦闘機だった。自分がつい昨日まで、その戦闘機に乗っていたなんて信じられないほど進化していた。

「うちでは、たぶん大粛正が起きますよ。二、三〇人の将官が、詰め腹を切らされることになる。自分も、その末席に座ることになる」

陸自の竹義則二佐が固い表情で言った。

「そういうことはさ、戦争が終わってから考えるべきだよね。われわれはまず勝つための算段を付けるべきだ。犠牲を払う度に責任をあれこれ言っていては、勝てる戦争にも勝てないじゃないか？　何しろ、敵は、何千人の兵士が死のうが、戦争を遂行できる国家体制を持っているのに。この程度で右往左往していたら、勝てる戦いも勝てないぞ」

羽布が、怒りを含んだ口調で窘めた。今、政府を筆頭に起こっていることは、悪しき敗北主義だと思った。

われわれは針の山を這ってでも、自衛隊を全滅させてでも国土を守り抜かねばならないのだ。それが唯一の使命だった。

エピローグ

魚釣島に、夕暮れが迫っていた。西の水平線が晴れ、太陽が沈む一瞬前だけ、真っ赤な夕陽が顔を出して、島を赤く染めていた。

〝北の岬〟に陣取る二人のスナイパーは、陽光からの反射を防ぐために、顔面にすっぽりとギリースーツを降ろした。

比嘉が、「あの太陽、俺らの失態を笑ってますよね……」とぼやいた。

土門は、フィッシュこと水野智雄《みずのともお》一曹が、波打ち際の海中から、中隊長の遺体を回収してくるのを見守っていた。ロープで四人掛かりで、その遺体を引っ張っていた。

あの時、自分はどうして立ち去ったのだろうと思った。溺れているのは明らかだった。たぶん、自力で、装備を捨てるとか、そうやって脱出するだろうと安易に期待したような気がした。無事に出世すれば、それなりのポストを進み、将官にもなっただろうに、気の毒なことをした。

太陽が……、真っ赤な太陽が恨めしかった。自分を笑っているようにしか思えなかった。

すぐ後ろでは、隊員を降ろす前に爆発したオスプレイの消火作業がまだ続いていた。機体の近くに、散乱した真っ黒焦げの人体の破片というか、残骸があちこち転がっている。肉が焼ける嫌な匂いも漂って来るが、熱気のせいで、当分近寄れそうにも無かった。

原田が、駆け寄ってくる。

海中から回収されて横たわる中隊長の遺体を見て一礼した。

「内閣が総辞職して、総理大臣が交代するそうです」

「どうでも良い！　誰が総理になろうが、何にも変わらないじゃないか？　この国は一ミリも変わりゃしない！」

「ええと、その官邸から、お電話です」

「誰にだ？」

「ですから、隊長に」

「ここで腹切って、ネットで生中継でもしろってか？」

「さあ。用件は聞いてません」

原田は、衛星携帯を取り、「お待たせしました。土門陸将補と代わります」と電話の向こうに告げ、それを土門に手渡した。波が砕ける音が拾われたらしく、相手は「まるで南洋のリゾートみたいな場所だなぁ」と喋った。

「土門！　久しぶりだな。俺だよ！　オレオレ――」

一度聞いたら忘れない、独特の、ドスが効いただみ声。そして、国民の想定を凌駕する傲岸不遜な態度の男だった。

「あ、そう……り。いや、財務大臣！」

「いやあ、俺もさ、一〇年も財務大臣兼副総理とかやらされたけどさ、やっぱ、総理！　と呼ばれる方が気持ちいいやなぁ。手でも振ってみろ！　今、何か、ドローンだか、スパイ衛星だかで、そこを見下ろしている。その死体は何だ？　ああ、まあどうでも良いや。兵隊は殺すか殺されるかだ。

噂で聞いたが、お前さん、辞表を書いたんだって？」

「はい。こういう現場でありますから、書いたわけではなく、辞職を願い出ました。ここで起こったことは、全て自分の責任であります」

「何ボケたことを言ってんだよ！　兵隊がいちいち死ぬ度に指揮官が責任取って辞表を書いていたんじゃ、永田町じゃ、三日置きに議員総辞職だぞ。辞表だのハラキリだの、俺が許さん。良いか、この戦争はな、俺と貴様のコンビで終わらせる！　勝って終わらせるぞ」

「はあ……」

「ところで、音無は元気にしてるか？　客船に乗り合わせて、死にかけてると聞いたが？」

「はい。抗体カクテル療法が効いて、快復に向かっていると聞いております」

「そら良かった。あいつもまた、くたばんねぇよなぁ！　俺と同類だ。俺の世代のジジイはくどいし、しつこいぞ。スッポンみたいに、生と権力にしがみつくからな。リザードはまだ貴様の部隊にいるのか？」

「はい。ここにおります」

「所帯を持ったか？」

「いえ。まだそのような話は聞いておりません」

「何やってんだ、オメーは！　そういうことをきちんと気配りするのが、出来る上司ってもんだろうが？」

「いえ、もうそういう時代でもありませんので……」

「今度、銀座の俺の店に連れて来い。綺麗どころを並べて、生きの良いぴちぴちした姉ちゃんを紹介すっからよ。まだ何、鉄砲はＤＳＲ‐１を使っているのか？　３３８ラプアの」

「はい。お気に入りのようでして」

「あいつも物好きだなぁ。狙撃銃にブルパップってのはどうかと思うぞ。次の陸自の新狙撃銃、俺が決めちゃいかんか？　一応、銃に関しては専門家だぞ。オメーより詳しいいし腕が良い。何しろオリンピアン、アスリートだ！」

中隊長の遺体が、装備を解かれた後、ボディバッグに入れられた。作業に当たった隊員らが、最後に横一列に並んで敬礼する。

「いや、誰だか知らんが、俺も今、心の中で黙禱して敬礼したよ。とにかく土門さんよ、アカを叩き出せ！　俺様の領土から、一人残らずアカを叩き出すまで、還ってくるんじゃないぞ！　俺が総理に復帰したからには、これ以上、中共の好きにはさせん！　以上、総理大臣からの激励を含む至上命令だ――」

「はい、了解しました……」

土門は弱々しく答えると、携帯を降ろして原田に返し、しばらく放心した顔で、水平線に沈む夕陽を追いかけた。これからまだ、これ以上の、とんでもない災難に見舞われそうな予感がしていた。

〈八巻へ続く〉

ご感想・ご意見は
下記中央公論新社住所、または
e-mail：cnovels@chuko.co.jpまで
お送りください。

C★NOVELS

東《ひがし》シナ海開戦《かいかいせん》7
——水機団《すいきだん》

2021年9月25日　初版発行

著　者　大石《おおいし》英司《えいじ》

発行者　松田陽三

発行所　中央公論新社
〒100-8152　東京都千代田区大手町1-7-1
電話　販売 03-5299-1730　編集 03-5299-1930
URL http://www.chuko.co.jp/

DTP　平面惑星

印　刷　三晃印刷（本文）
大熊整美堂（カバー・表紙）

製　本　小泉製本

Published by CHUOKORON-SHINSHA, INC.
Printed in Japan　ISBN978-4-12-501439-5 C0293

荒海の槍騎兵 4
試練の機動部隊

横山信義

機動部隊をおびき出す米海軍の作戦は失敗。だが日米両軍ともに損害は大きかった。一年半余、ついに米太平洋艦隊は再建。新鋭空母エセックス級の群れが新型艦上機隊を搭載し出撃！

ISBN978-4-12-501428-9 C0293　1000円　　カバーイラスト　高荷義之

荒海の槍騎兵 5
奮迅の鹵獲戦艦

横山信義

中部太平洋最大の根拠地であるトラックを失った連合艦隊。おそらく、次の戦場で日本の命運は決する。だが、連合艦隊には米艦隊と正面から戦う力は失われていた——。

ISBN978-4-12-501431-9 C0293　1000円　　カバーイラスト　高荷義之

荒海の槍騎兵 6
運命の一撃

横山信義

機動部隊は開戦以来の連戦により、戦力の大半を失ってしまう。新司令長官小沢は、機動部隊を囮とし、米海軍空母部隊を戦場から引き離す作戦で賭に出る！　シリーズ完結。

ISBN978-4-12-501435-7 C0293　1000円　　カバーイラスト　高荷義之

烈火の太洋 1
セイロン島沖海戦

横山信義

昭和一四年ドイツ・イタリアとの同盟を締結した日本は、ドイツのポーランド進撃を契機に参戦に踏み切る。連合艦隊はインド洋へと進出するが、そこにはイギリス海軍の最強戦艦が——。

ISBN978-4-12-501437-1 C0293　1000円　　カバーイラスト　高荷義之

表示価格には税を含みません

第三次世界大戦 7
沖縄沖航空戦

大石英司

ハワイで中国の作戦を潰したアメリカ軍が、思わぬ敵に苦しめられた。それは雲霞の如き数で押し寄せる数百機の無人攻撃機。安価で製造できるこのドローンが標的にしたのは、沖縄で――。

ISBN978-4-12-501382-4 C0293 900円

カバーイラスト 安田忠幸

第三次世界大戦 8
フィンテックの戦場

大石英司

千機もの無人機を退けた日米だったが、事態は思わぬことから急展開することになる。この戦争の結末は、世界の行く末は――？「第三次世界大戦」シリーズ完結！

ISBN978-4-12-501386-2 C0293 900円

カバーイラスト 安田忠幸

消滅世界 上

大石英司

長野で起こった住民消失事件。現場に派遣されたサイレント・コアの土門康平一佐は、ひとりの少女を保護するが、彼女はこの世界にはもういない人物からのメッセージを所持していて？

ISBN978-4-12-501387-9 C0293 900円

カバーイラスト 安田忠幸

消滅世界 下

大石英司

長野での住民消失事件を解決したサイレント・コアの土門だが、気づくと記憶喪失になっていた。更に他のメンバーも、各地にちりぢりになり「違う」生活を営んでいるようで？

ISBN978-4-12-501389-3 C0293 900円

カバーイラスト 安田忠幸

覇権交代 1
韓国参戦

大石英司

ホノルルの平和を回復し、香港での独立運動を画策したアメリカに、中国はまた違うカードを切った。それは、韓国の参戦だ。泥沼化する米中の対立に、日本はどう舵を切るのか？

ISBN978-4-12-501393-0 C0293　900円

カバーイラスト　安田忠幸

覇権交代 2
孤立する日米

大石英司

韓国の離反がアメリカの威信を傷つけ激怒させた。また韓国から襲来した玄武ミサイルで大きな犠牲が出た日本も、内外の対応を迫られる。両者は因縁の地・海南島で再度ぶつかることになり？

ISBN978-4-12-501394-7 C0293　900円

カバーイラスト　安田忠幸

覇権交代 3
ハイブリッド戦争

大石英司

米中の戦いは海南島に移動しながら続けられ、自衛隊は最悪の事態に追い込まれた。〈サイレント・コア〉姜三佐はシェル・ショックに陥り、この場の運命は若い指揮官・原田に委ねられる――。

ISBN978-4-12-501398-5 C0293　900円

カバーイラスト　安田忠幸

覇権交代 4
マラッカ海峡封鎖

大石英司

「キルゾーン」から無事離脱を果たしたサイレント・コアだが、海南島にはまた新たな強敵が現れる。因縁の林剛大佐率いる中国軍の精鋭たちだ。戦場には更なる混乱が⁉

ISBN978-4-12-501401-2 C0293　900円

カバーイラスト　安田忠幸

表示価格には税を含みません

覇権交代 5
李舜臣の亡霊

大石英司

海南島の加來空軍基地で奇襲攻撃を受けた米軍が壊滅状態に陥り、海口攻略はしばらくお預けに。一方、韓国では日本の掃海艇が攻撃されるなど、緊迫が続き――？

ISBN978-4-12-501403-6 C0293　980円

カバーイラスト　安田忠幸

覇権交代 6
民主の女神

大石英司

ついに陸将補に昇進し浮かれる土門の前にサプライズで現れたのは、なんとハワイで別れたはずの《潰し屋》デレク・キング陸軍中将。陵水基地へ戻る予定を変更し海口攻略を命じられるが……。

ISBN978-4-12-501406-7 C0293　980円

カバーイラスト　安田忠幸

覇権交代 7
ゲーム・チェンジャー

大石英司

“ゴースト”と名付けられた謎の戦闘機は、中国が開発した無人ステルス戦闘機“暗剣”だと判明した。未だにこの機体を墜とせない日米軍に、反撃手段はあるのか⁉

ISBN978-4-12-501407-4 C0293　980円

カバーイラスト　安田忠幸

覇権交代 8
香港ジレンマ

大石英司

これまでに無い兵器や情報を駆使する新時代の戦争は最終局面を迎えた。各国がそれぞれの思惑で動く中、中国軍の最後の反撃が水陸機動団長となった土門に迫る⁉　シリーズ完結。

ISBN978-4-12-501411-1 C0293　980円

カバーイラスト　安田忠幸

オルタナ日本　上
地球滅亡の危機

大石英司

中曽根内閣が憲法制定を成し遂げ、自衛隊は国軍へ昇格し、また日銀がバブル経済を軟着陸させ好景気のまま日本は発展する。だが、謎の感染症と「シンク」と呼ばれる現象で滅亡の危機が迫り？

ISBN978-4-12-501416-6 C0293　1000円

カバーイラスト　安田忠幸

オルタナ日本　下
日本存亡を賭けて

大石英司

シンクという物理現象と未知の感染症が地球を蝕む。だがその中、中国軍が、日本の誇る国際リニアコライダー「響」の占領を目論んで攻めてきた。土門康平陸軍中将らはそれを排除できるのか？

ISBN978-4-12-501417-3 C0293　1000円

カバーイラスト　安田忠幸

東シナ海開戦 1
香港陥落

大石英司

香港陥落後、中国の目は台湾に向けられた。そして事態は、台湾領・東沙島に五星紅旗を掲げたボートが侵入したことで動きはじめる！　大石英司の新シリーズ、不穏にスタート⁉

ISBN978-4-12-501420-3 C0293　1000円

カバーイラスト　安田忠幸

東シナ海開戦 2
戦狼外交

大石英司

東沙島への奇襲上陸を行った中国軍はこの島を占領するも、残る台湾軍に手を焼いていた。またこの時、上海へ向かい航海中の豪華客船内に凶悪なウイルスが持ち込まれ……⁉

ISBN978-4-12-501424-1 C0293　1000円

カバーイラスト　安田忠幸

表示価格には税を含みません

東シナ海開戦 3
パンデミック

大石英司

《サイレント・コア》水野一曹は、東沙島からの脱出作戦の途中、海上に取り残される。一方、その場を離れたそうりゅう型潜水艦“おうりゅう”は台湾の潜水艦を見守るが､前方には中国のフリゲイトが……。

ISBN978-4-12-501425-8 C0293　1000円

カバーイラスト　安田忠幸

東シナ海開戦 4
尖閣の鳴動

大石英司

《サイレント・コア》土門陸将補のもとに、ある不穏な一報が入った。尖閣に味方部隊が上陸したというのだ。探りをいれると、島に上陸したのは意外な部隊だとわかり？

ISBN978-4-12-501429-6 C0293　1000円

カバーイラスト　安田忠幸

東シナ海開戦 5
戦略的忍耐

大石英司

土門陸将補率いる〈サイレント・コア〉二個小隊と、雷炎大佐ら中国解放軍がついに魚釣島上陸を果たす。折しも中国は、ミサイルによる飽和攻撃を東シナ海上空で展開しようとしていた……。

ISBN978-4-12-501434-0 C0293　1000円

カバーイラスト　安田忠幸

東シナ海開戦 6
イージスの盾

大石英司

中国の飽和攻撃を防いだのも束の間、今度は中華神盾艦四隻を含む大艦隊が魚釣島に向けて南下を始めた。イージス鑑“まや”と“はぐろ”､潜水艦“おうりゅう”はその進攻を阻止できるか⁉

ISBN978-4-12-501436-4 C0293　1000円

カバーイラスト　安田忠幸

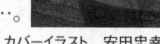